COBALT-SERIES

破妖《はよう》の剣《つるぎ》外伝

言ノ葉は呪縛する

前田珠子

JN264267

集英社

目次

創造神**ガンダル**によって創られた**世界**、**ガンダル・アルス**。
その中心にある世界最大の大陸、ガンダルースの中央に位置する**白砂原**《しろすなばら》に
浮かぶのは、いかなる力によってか、地上の引力を逃れた浮遊城塞。
そこは、世界中で唯一、人々の命を脅かす**魔性**《ましょう》に抗《あらが》いうる力を持った人々が
集う、**浮城**《ふじょう》、と呼ばれる場所。
そして、そこには**世界**の運命をも変え得る、
一人の**少女**がいた。
父は、**魔性の王**の一人、
金の妖主《ようしゅ》。
母は、浮城の
魅縛師《みばくし》にして、
先代の**城長**《しろおさ》。

結ばれては
ならない二人を
両親に持つ少女は、
長じて浮城の**破妖剣士**《はようけんし》
となり、**魔性の敵**となる。
その手にあるのは、**最強の破妖刀『紅蓮姫**《ぐれんき》**』**。
その傍らに立つのは、**深紅**の髪と瞳を持つ
美貌の護り手、闇主《あんしゅ》。
世にも稀なる**運命**を背負った少女の名は**ラエスリール**。
愛と戦いの物語が今、再び始まる…!。

登場人物紹介

半人半妖《はんにんはんよう》ながら、斬魔《ざんま》の剣である破妖刀《はようとう》『紅蓮姫《ぐれんき》』の使い手となった少女。本来は琥珀色の双眸《そうぼう》だが、訳あって現在のところ、左目が深紅。不器用で生真面目で口下手で、表情が乏しく、人に誤解を受けやすい。別名・朱烙《しゅらく》。

ラエスリール

「破妖の剣」

壮絶な美しさと強大無比の力を誇る魔性《ましょう》にして、ラスの押しかけ護り手。深紅の髪と瞳が印象的。我がまま、気まぐれ、無責任等、「褒め言葉」には事欠かない極悪非道な性格で、魔性の中での評判もよくない。正体は…。

闇主《あんしゅ》（千禍《せんか》）

ザハト（邪《じゃ》羅《ら》）

純白の髪、紫がかった銀色の瞳の魔性で、ラスを「姉ちゃん」と呼んで懐く。紫と白の妖主《ようしゅ》を両親に持つ恐るべき存在だが、その力と抜群の美貌に反し、かなり庶民的な性格。

浮城《ふじょう》の人々

決して人好きのする性質でないラスに肩入れする愛すべき変わり者達。ラスのお陰で時折危険な目にも…⁉

セスラン

ラスを浮城に導いた捕縛師《ほばくし》で、彼女を娘のように思う。年齢不詳で謎多き彼の正体は、外伝『女妖《じょよう》の街』にて。

マンスラム

浮城の城長《しろおさ》にして、ラスの母・チェリクの親友。養女にしたラスのために心を砕く、穏やかで意志の強い女性。

乱華《らんか》(リーダイル)

ラスの弟で、金の髪と緑の瞳の美しい魔性。妖主と並ぶ力を手に入れるため、ラスが父親から受け継いだ魅了眼《みりょうがん》を奪う…という建て前のもと、ラスを追い回す超弩級《ちょうどきゅう》のシスコン。

サティン

美人で明るく、「いい」性格の捕《は》縛師《ばくし》。昔から世話を焼いてきたため、気分はすっかりラスのお姉さん。

彩糸《さいし》

リーヴシェランを溺愛する護り手で、虹色の髪と黒瞳を持つ、心優しくたおやかな美女。彼女には実は意外な過去があって…。

リーヴシェラン

勝気な美少女で、琴の音で魔性を魅了する魅縛師《みばくし》。最初はラスに反感を抱いていたが、今では大好きな存在に。

「破妖の剣」シリーズ★大おさらい！

現在19冊出ている「破妖の剣」シリーズ。うち13冊は本編、6冊は外伝。壮大な「破妖」の世界があっという間に分かる！

「漆黒の魔性」しっこくのましょう

名場面

「気配はなかった。人も、魔性も。なのに、そこにはその男が立っているのだ。

　深すぎて、黒とも見紛う真紅の髪と瞳。象牙の肌は砂漠の強い日光にも焼ける気配はなく、しかも──。

　ラエスリールはそれを見たとき、心底自分の資質を疑った──。

　男には、影がなかった。」


40年ぶりに破妖刀《はようとう》『紅蓮姫《ぐれんき》』の使い手に選ばれたものの、護り手不在で仕事にあぶれていたラスにも、ついに初仕事が舞い込んだ。恐らく上級…と危惧《きぐ》される魔性に攫《さら》われた姫を救うためにガンディアへ赴くが、そこで危機に陥ったラスを助けるのは、自称・「護り手」の胡散《うさん》臭い魔性・闇主。やむを得ず、彼の助けを借りて姫を攫った妖貴と対決するラスだが、その前に弟・乱華《らんか》が立ち塞がる。

破妖の剣★キーワード集

浮城（ふじょう）
★魔性に対抗できる力を持っ
た人々と、彼らを守護する護
り手によって構成された組織
才能を見込まれて各地から集
められた子どもたちは、こ
で修行し、さらに選ばれた者
だけが捕縛師や破妖剣士、
縛師になれる。どのような国
家権力にも属さない独立機関
トップは城長（しろおさ）と
呼ばれる。危険な仕事のため
浮城の住人の出動を依頼する
には多額の報酬が必要。

破妖刀（はようとう）
★魔性の命を糧とし、魔性を
滅ぼすことができる、意思を
持った武器の通称で、その形
態は刀とは限らない。稀少

破妖剣士（はようけんし）
★破妖刀を揮うことで魔性を
殺傷しうる唯一の存在。本
の努力や才能とは無関係に、
破妖刀に使い手として選ばれ
た者でないとなれない。

「白焔の罠」 はくえんのわな

名場面

「言ったはずだろう、白煉？」
　辛辣な口調の中に、余裕たっぷりの響きを宿して、彼は告げた。
「ラスに何かしたら、許さない、と──」（中略）
青年は、不敵に笑って肩をすくめた──。

　闇主の好意の押し売りによって、ザハトと名乗る少年を拾ってしまったラス。ザハトが、彼の住んでいた街が消えてしまった怪異を訴えるべく浮城に向かっていた最中だったため、彼を伴い、その調査に向かったのだが、やはり怪異は魔性の仕業。闇主と引き離されたラスの前に現れたのは、街一つを楽に消すほどの上級魔性だった。

「柘榴の影」 ざくろのかげ

　白砂原にて、立て続けに二人の妖貴に出会ったラス。彼らは、謎のセリフと柘榴の実を残して姿を消すが、それ以来、ラスは心身ともに調子を崩し、やがて悪夢に囚われてしまう。そして、その理由に気付いた闇主も姿を消し…。闇主の正体が明らかになり、ラスと闇主の関係が変わる、シリーズのターニングポイント的作品。

名場面

「おれがずっとそばにいよう。いてやるよ。おまえだけのそばに。おまえのことだけ考えて、ずっと一緒にいてやろう。そうすれば、おまえはこれから少なくとも孤独ではなくなる。約束してやるよ。誓ってやってもいい。おれがそばにいてやるよ」

紅蓮姫(ぐれんき)
★真紅の刀身を持つ、我がま
まで食いしん坊な破妖刀。使
い手の選り好みが激しく、ラ
スを選ぶまでは四十年も絶食
していたため、浮城の護り手
たちも「彼女」の餌にされる
ことを恐れ、ラスに護り手が
付かない一因であった。もと
もと浮城最強といわれていた
が、ラスを使い手に選んでか
らは、妖貴はおろか妖主さえ
倒してしまい、すっかり伝説
的存在に。さらに、上級魔性
の命でなければ満足しないグ
ルメぶりでも他の破妖刀の追
随を許さない。ラスの力の覚
醒に従って、勝手にバージョ
ンアップ中。

捕縛師(ほばくし)
★「封魔具」と呼ばれる物な
どに魔性を封じる。浮城で一
番数が多いのが彼ら。封魔具
の形や捕縛の方法は、捕縛師
の能力に応じて異なる。

魅縛師(みばくし)
★魔性を魅了することで従え
人間の味方にすることができ

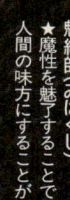

「紫紺の糸(前)(後)」しこんのいと

名場面

「降参してやるよ……もう、全面降伏だよ……」
　そうして、彼はそっとラエスリールの頬に手を這わせる。
「おまえには、かなわないよ」

『柘榴』の一件以来、闇主との関係が微妙にこじれたまま、ラスは次の仕事のため、カラヴィスへと向かう。今度の相手は、対象の影を奪って人形に変えてしまう力を持つようだったが、それが判明した矢先にラスの影も奪われてしまう。なんとか闇主と和解して、黒幕を退けたのもつかの間、またもやラスの瞳を狙う乱華が現れ…。

「翡翠の夢1〜5」ひすいのゆめ

名場面

　全身が熱くなる――痛みもなにもかも、別の場所に置き忘れたかのように。(中略)
　紅蓮姫を強く握りしめる――すでにできるはずもないことを、現実になしていることに、なんの疑問も覚えはしない。

　訳あって闇主行方不明の中、ラスそっくりな魔性が街を破壊する姿が目撃され、父の素性までもが明かされたラスは、邪羅に連れられて浮城から逃げるはめに。かつてない苦しい戦いの果てに勝利を得たかのように思われたラスだったが、その結果は「世界の均衡」を崩してしまう恐ろしいもの。そして、更なる悲劇がラスを襲う。

る能力の持ち主たち。稀有な存在である上、基本的に戦う力を持たないので、浮城の外に出ることは少ない。

魅了眼(みりょうがん)
★見つめた相手を虜にしてしまう力を秘めた瞳。人間においても魔性においても珍しい。中でも、両親から世界最高水準の魅了眼を受け継ぐラスは、無意識に様々な相手をたらし込んでしまうため、厄介事を引き寄せやすい。

護り手(まもりて)
★魅縛師によって魅了され、人間の味方となることを誓った魔性。浮城の住人たちが戦いに赴いた際の守護を担うほか、浮城の警護なども行っている。

小鬼・妖鬼(しょうき・ようき)
★人間の心臓を喰らって力とする下級魔性。力が強くなるほど、人間に近い外見となる。小鬼であっても普通の人間にとっては十分恐怖の対象なのに、浮城の住人といえども、基本的に相手にできるのは妖

「鬱金の暁闇1〜3」

うこんのぎょうあん

名場面

燃えるような瞳だった。
挫けそうになる。彼の瞳を覗きこむだけで、なにもかも、彼の意に添いたくなってしまう。
それだけの力を、その瞳は宿していた。

二重の濡れ衣で金の妖主の配下から追われ、紅蓮姫奪還のために浮城からも追われるラスは、闇主とともに逃亡中。そんな彼女の前に現れたのは、乱華によく似た「濫花」という半人半妖の子。一方、浮城に残った面々は、６人目の妖主が生まれた、という恐ろしい噂を耳にする。ラスの運命は、そして均衡を欠いた世界の行方は…？

外　伝

紅蓮姫の誕生秘話「破妖の剣」を含む『女妖の街』から、サティンと因縁付きの新護り手の初仕事を描く表題作を収録した『呼ぶ声が聞こえる』まで、６冊が刊行中。本編では語られないキャラたちの意外な一面が楽しめる、外伝ならではの作品だけでなく、「ささやきの行方」のように、本編中の事件と事件を繋ぐエピソードもある。

名場面

そういう彼女に、心底からとおぼしき笑顔を向けて、闇主は告げた。
「いくらでも謝るから、できるだけ早く、育ってくれ……な？」（中略）
「育てと言われても……闇主。わたしの身体はこれ以上、大きく育ちそうにもおもえないのだが……？」

「いびつな螺子」（『魂が、引き寄せる』）P 244

鬼止まりなので、一般の人には上級魔性の存在は伏せられている。そのため、通常「魔性」と呼ばれるのは、このレベルの魔性。

妖貴（ようき）

★人間離れした美貌と黒髪・黒瞳を特徴とする上級魔性。全魔性の中でも五十人ほどしか存在しない。気まぐれや暇つぶしのために人を害する。滅多に人前に姿を現さない代わりに、人間では対抗しえない力を持つ。大抵は妖主のうちの誰かを主人としていて、その主を絶対の存在として、熱烈に忠誠を誓う。

妖主（ようしゅ）

★力こそすべて、力ある者ほど美しいという魔性の中にあって、比類のない力と美しさを兼ね備え、魔性たちの頂点に君臨する最強の五人。それぞれ独自の色彩（紫・白・緑・紅・金）の髪と瞳を持つ。クセのある性格揃いで、能力も個々に違う。

イラスト／小島　榊

言ノ葉ノ呪縛　夢ノ扉

プロローグ

マヤフの王都の守護《しゅご》に綻《ほころ》びが生じたのは、たった一枚の守護符の欠損がきっかけだった。

マヤフを守護する強大な言霊《ことだま》の力を行使する『言《こと》の葉《は》姫』――彼女の手による護《まも》りの言の葉を正確に再現印刷した守護符は、マヤフのほとんどの家の戸口に貼られていた。

だから、普通に破れたり汚れたりしたぐらいでは守護が崩《くず》れることはない。

しかし、彼女の力を正確に理解した何者かの関与が……それを可能とした。

ただの破損や欠損では綻ぶはずのない守護の隙《すき》を突く形で最初の楔《くさび》は打ち込まれたのだ。

それが『言の葉姫』自身の手蹟《て》に因《よ》るものであったなら、即座にマヤフの守護者は気づいたことだろう――国の中枢を担《にな》う者たちのために彼女自《みずか》ら書いた守護符は、彼女自身と深く繋がっているのだから。

しかし、損なわれたのは彼女の手蹟を再現したモノ――量が膨大《ぼうだい》である上に繋がりは薄く、しかも珍《めずら》しいことではなかった。

だから彼女は気づかなかった。

気づけなかった。

それがマヤフを……否《いな》、自分を狙う何者かの最初の布石《ふせき》であったことに。

まさか、上級魔性《ましよう》たる妖貴《ようき》が、自分を滅《ほろ》ぼすためだけに自ら乗り出してくることがあろうとは想像もしていなかったのだ。

迂闊《うかつ》だった、と今更悔《く》いても意味はない。わかっていても、言の葉姫は思わずにはいられなかった。

もっと早く気づけていたなら――。

視界の隅《すみ》に、炎に包まれた王都が映る。

ずっと自分が守護してきた街――代々の言の葉姫が護り続けてきたひとびとの暮らしが、命が……燃えている。否、灼《や》かれているのだ。

今、目前にある黒髪黒瞳の――人間には持ち得ない漆黒《しつこく》の色彩を纏《まと》う青年の操る炎によって！

「ここまでだ、言の葉姫」

勝利を確信した口調で、漆黒の魔性が嗤《わら》う。

「王都は陥落した。お前が守るべき民も、お前を守るべき者たちもすでにここにはいない。いかに強大な言霊の力を駆使《くし》しようと、今のお前は自分自身すら守れない」

広がる――焔《ほのお》。

命が焼き尽くされていく。

ぎり、と『言の葉姫』は唇《くちびる》を噛《か》みしめる。

護るべき民を護れなかった自分を嘲《あざけ》るように見つめる魔性を睨《にら》みつける。

彼の勝利であることを否定はしない。できようはずがない。ここまで完璧にしてやられた上で、負け惜しみの言葉など、それこそ矜持《きょうじ》にかけて口にできるはずがない。

けれど――相手は魔性だ。

圧倒的な力を有するがために、人間の力を過小評価しがちな傾向にある彼らだからこそ、つけ込む隙は……ある。

マヤフを守護するためではない。

いいいいいいいいいいいいいい、
どうせすぐに生まれ変わるのだから――という理由で、自分を置いて安全な地に逃げ延びたマヤフの中枢を担う者たちに、今更どんな義理があるというのか。

護るべき民も……灼き尽くされつつある。

ただの水では消すことさえできない炎に襲われて、絶望の中で命を摘《つ》み取られていく王都の住人たち。

護りきれなかった自らの不甲斐《ふがい》なさに歯噛みする思いはある。

見捨てられた我が身を嘆く思いもある。

だが、死を確信したこの今、最も強く心を占める思いは――。

あの子のこと。

年の離れた妹――たった数日しか一緒にいられなかった、けれどその間に自分にかけがえのない奇跡を惜しみなく与えてくれた大切なあの子。

あなただけは、絶対に護る……たとえ、そのために誰を……何を利用しようとも！

そうして、そのための絶好の存在は目の前にいるのだ。

漆黒の髪と瞳を併《あわ》せ持つ上級魔性たる妖貴――世界に五十人ほどしかいないとされる、最強の力を持つ者が。

くすり、と笑みを零《こぼ》し『言の葉姫』は最期《さいご》に最大の力をこめた『呪《しゅ》』を発動した。

「お前が滅ぼした全ての人間の魂《たましい》は、お前の中で解放されるそのときまで苦しみを訴えかけるだろう……そしてわたしはお前の魂そのものに重なり、人間がなにをどう感じるのかをお前に感じさせ続けよう」

言の葉の力が発動し、それを察知した魔性が狼狽《ろうばい》するのをしてやったりと小気味よく感じながら、言の葉姫は自ら男の生み出した炎に身を投じた。

果てのない呪《のろ》いとも、救済の扉とも受け止められる『言の葉』とともに。
その日、マヤフの首都クタハは滅びた――炎の魔性によって。
そして、マヤフの守護者たる『言の葉姫』が生まれ変わることはなかった――。

—

その日のことは忘れられない。

リエンカが生まれてからずっと包まれてきた幸福で優しい時間が突然断ち切られるように終わりを告げた、あの日。

冬の風の強い夜だった。

息苦しさと異様な熱さに目覚めたリエンカが目にしたのは、一面の火の海だった。

遠い王都を襲《おそ》った大火事のことは聞いていた。

冬は特に火事が出やすい季節だからと、街の皆も気をつけていたはず……なのに、これはいったいなんという悪夢だろう。

「父さん……母さん……？」

呼びかけても燃えさかる炎の向こうから答える声は聞こえない。

「父さん！　母さん！」

寝台から飛び起きて、両親の寝室へ向かおうとしたものの、それは果たせなかった。床にまで広がった炎の舌《した》が、ちろちろとリエンカの進路を遮《さえぎ》ったのだ。

綿入れの上着にはすぐに着火しにくいということを彼女は知っていた。けれど足は……むき出しの素足は、靴《くつ》がある部屋の隅《すみ》までもつだろうか……いや、そもそも靴が無事に残っているかも疑問だ。

リエンカの部屋は二階だった。扉がすでに炎に包まれている以上、残る出口は窓しかない——しかし、炎は貪欲《どんよく》に窓掛けの布にまで舌をのばしており、窓のあたりも炎が支配している。

どうしよう、とリエンカは途方に暮れた。

こんなことが自分の身に降りかかるだなんて、想像したこともなかったのだ。

勢いを増すばかりの炎を見つめながら、ぽつりと洩《も》れたのは「わたし、ここで死んじゃうのかな……?」という呟《つぶや》き。

即座に否定の答えが返ってきたことが、信じられなかった。

「いいや」

それは、すぐ近くで聞こえた。

扉も窓も炎に包まれて、誰かが入って来られる状態ではない。事実リエンカは近づいてくる何者かの気配《けはい》――というより、足音なり姿なり――を感じることはなかった。

なのに――あり得ないと心は訴えるというのに、事実その声は耳元近くから聞こえるのだ。

「小さなリエンカ。お前はこんなところでは死なない」

はっきりと聞こえる声に顔を上げれば、いつの間にか寝台に片足を載せた格好《かっこう》で、自分を抱き上げようとしている青年の姿。

薄茶の髪は炎を映して金茶に輝き、琥珀《こはく》の瞳《ひとみ》は焰《ほのお》そのものにさえ見えた。

「…………誰？」

ようやくの思いで呟いた言葉に、青年が返したそれは求めたものではなかった。

「小さなリエンカ……見つけるのが遅くなって、本当にすまない。これからは、わたしが護《まも》ろう…………葉《は》姫との約定《やくじょう》の通り」

そんなことを聞きたいのではない、とリエンカは訴えたかった。

父さんは？　母さんは？　いったいなにが起こったの!?

しかし、それらの言葉を口にするより前に、彼女の意識は急速に閉ざされた。

次に意識を取り戻したとき、両親の葬儀《そうぎ》はすでに終わっていた。

火事の火元は二軒先の家だったのだという……酒に酔ったまま眠った男の火の不始末が原因で、強風に煽《あお》られ力を増した炎は、結局十軒以上の家を飲み込み、それに倍する人間の命を奪ったのだ。

リエンカが助かったのはまさに奇跡だったのだ――王都の大火事で命を落としたリエンカの姉イーアンシルの遺言《ゆいごん》を届けに来た薄茶の髪の青年レンバルトが、炎に包まれた彼女の家に周囲の制止を振り切って飛び込んだおかげで生まれた。

だが、リエンカを抱きかかえて家の外に出る寸前、落ちてきた梁《はり》に潰されかけた彼が救えた命はそのひとつだけ――両親の遺体を、ついに彼女は見せてはもらえなかった。

小糠雨《こぬかあめ》の中、リエンカはレンバルトに手を引かれて生まれ故郷を後にした。

彼女が十歳の冬のことだった。

※

『これからはわたしが護ろう』

炎の中で宣言した通り、レンバルトはリエンカを護り続ける。

両親を喪《うしな》い、家を失った彼女を引き取り、大切にしてくれる。

リエンカはかつてのマヤフの第二都市――ユーライカで豊かな日々を甘受《かんじゅ》している。資産家らしいレンバルトの屋敷で家事ひとつさせられることなく、あまつさえ彼女の希望のままに自然科学を教える学校に通わせてもらっている。

なぜ、ここまで良くしてくれるのかと尋《たず》ねても、答えはいつもひとつ。

『……約定だからな』

としか、レンバルトは言わない。

誰とのどんな約定なのか――リエンカがどれほど知りたくても、その問いを口にするのを許さない空気が彼の周囲には溢《あふ》れており、結局彼女はいつも諦めるより他ないのだ。

レンバルトがなにを思って自分を養ってくれているのか、どうして自分を大切にしてくれるのか。

いつだって尋ねることさえできないから、ただリエンカは甘受するしかない。

それはある意味とても苦しいことなのだけれど。

払っても払っても、あの夜の記憶はリエンカの脳裏《のうり》に甦《よみがえ》る。

炎に包まれた世界、いくら呼んでも返ってはこない両親の声――死を覚悟した瞬間、耳に飛び込んできた低く優しい声……。

『これからはわたしが護ろう』

その声を、言葉を耳にし、彼の姿を目《ま》の当たりにした刹那《せつな》、心の中に起こった嵐は未《いま》だ去らない。

薄茶の髪と琥珀の瞳を持つ、明らかに十以上は年上の彼と出会って生まれた嵐はまだ鎮《しず》まっていない。

目にする度《たび》に心臓が跳ね上がる。

声を聞くだけで体中が熱くなる。

息が苦しくなり、遠ざかって楽になりたいのに、なぜかそばにもいたくて……時々大きな腕に指を伸ばしたくなってしまう。

変だ。

自分はおかしい。

そう思い、悩むリエンカに意外な答えをくれたのは、同じ学校に通う年長の少女だった。

「それは恋よ！　間違いないわ！」

見つからない答えを求めていたリエンカの心に、彼女の言葉は真っ直ぐに届いた。

「……恋？」

自分がレンバルトに？

そんなことがあり得るのだろうか。

「……だって、ずっと年上のひとよ？」

「年上ってどれぐらい？」

「十以上……もしかしたら、もっと離れているかもしれない」

出会った時、レンバルトは二十代半ばに見えた……その時自分は十歳。

もしかしたら十五以上離れているかもしれない。そんなの、相手にされるはずがない。だから、これが恋であるはずがない――そう思って口にした言葉に、相談相手の少女は悪気はないのだろうが、到底《とうてい》聞き逃しにできない暴言を口にしたのだ！

「まあ、なんてこと！　リエンカ、いけないわ、そんなおじさんにだなんて！」

おじさん……おじさん……おじさん……。

その言葉だけが脳裏を駆け巡る。

小父《おじ》さん……？

あの薄茶の髪と琥珀の瞳のひとに、これほど似つかわしくない言葉があろうかという怒りとともに！

「おじさんなんかじゃないわ！」

叫ぶと同時にリエンカは自分の心に確認を取る。

炎の中から救い出してくれたかけがえのない恩人である彼――あれから三年も経つのに、彼が自分に呼びかける言葉は常《つね》に同じで変わらない。

『小さなリエンカ――大丈夫、そばにいるよ』

「おじさんなんかじゃない！」

——けれど、彼の中の自分は変わらず『小さなリエンカ』でしかないのだ。

悟った瞬間、両の瞳からこぼれ出した涙を、彼女はどうにも止めることができなかった。

慌てながら、必死に自分を慰めにかかった年上の友人にすまないと思いながら、それでも溢《あふ》れる涙は止まらず……リエンカはその事実に直面したのだ。

好き……？

自分が……？

レンバルトのことを？

それはあまりにもあっさりと胸に落ちてきた事実だった。

だから、さしたる混乱もなく彼女はそれを受け入れた。

自分はレンバルトに恋しているのだ、と。

十以上年の離れた相手であることも、出会う以前に彼が何をしてどう生きてきたのか——何一つとして知らなかったけれど、気にはならなかった。

レンが……レンバルトが、好き。

唐突に恋を自覚した日、リエンカは幸福だった。

少なくともそれから数日の間は。

紛《まぎ》れもなく幸せだったのだ――。

※

夢だ、とすぐにわかった。

視界を覆《おお》い尽くす凶暴《きょうぼう》な炎の舌が、大地すら呑み込む勢いで暴れている。

また、あの日の夢なのか……。

リエンカは泣きそうに顔を歪《ゆが》めながら思った。

あの日――両親や隣人を自分から奪い去った恐ろしい炎。あれをまた自分は見なければならないのか、と。

見たくない……見たくなんかない。

そう思うのに、夢はリエンカから離れてくれなかった。

ただ、少しばかりいつもとは様子が違う。

『いやあぁぁ！』

『ひぃぃぃっつっ！　熱い、熱い、熱ぃ！』

『髪が……わたしの髪があぁぁっ！』

『誰か……助けて！　わたしはいいから、だから坊やだけは……誰か！』

あの日――リエンカが目覚めた時、聞こえるのは炎の爆《は》ぜる音と、燃える家が軋《きし》みを上げるそれだけだった。

どれほど声を張りあげても、父も母も声を返してはくれなかった。

だのに――今夜のこの夢は。

聞こえてくる……この悲鳴は……いったい……？

悲鳴は続き、縋《すが》るように祈るような声が交じった。

『……姫さま！　…………姫さま！　お救いください！』

あまりに必死な声の響《ひび》きに思わず声のしたほうを振り向いたリエンカは、その声の主のあまりに凄惨な姿にひゅ、と喉《のど》を鳴らした……夢のなかだというのにだ。

その頭部も含めた右半身が、じゅくじゅくと蠟《ろう》のように燃えながら融け落ちていた。

左半身には火ぶくれがところどころに見える程度なだけに、その姿は異様の一語に尽きる。

あり得ない！

夢魔の悪戯《いたずら》だと断じ、一刻も早く正常な夢に戻りたいとリエンカは思ったのだけれどそれはかなわなかった。

夢魔の悪意に満ちた悪戯はなおも続いたのだ。

『……の葉姫さま！　なぜですか、なぜ……の葉姫さまが護るこのクタハがこのような災厄に見舞われなければならないのです？　ここは言霊《ことだま》とその行使者である言《こと》の葉《は》姫が第一に護るべき街ではなかったのですか……？』

クタハ……という言葉に、リエンカは記憶を刺激された。

それは――彼女が生まれた国マヤフの、数年前に大火に包まれ滅《ほろ》びた首都の名ではなかったろうか。

では、大火に包まれたと聞いた都では、あんな恐ろしくも異様な炎が猛威《もうい》を振るったというのか……あんな、直視もできないような悲惨な現実が数多《あまた》生じたと……？

そんな――！

嘘《うそ》であって欲しい、とリエンカは切に願った。

なぜなら、そこで――クタハの地で命を落とした者の中には、彼女に深い縁を持つひとがいたからだ。

両親からそのひとの名を聞いたことはない。

そのひととの思い出だってない。あるはずがない。だって、そのひとが『それ』になったのは……その称号を得たのは、自分が生まれて間もないころのことで。

ほんの数日だけ、生まれた家と家族のもとに戻ることが許されたというそのひとのことなんて覚えているわけがない。

それでも……そのひとは紛れもなく自分の血を分けた存在で——。

言《コト》ノ葉《ハ》姫《ヒメ》。

それはマヤフの守護たる女性——強大なる言霊の力を以《もっ》て浮城《ふじょう》の力を借りることなく魔性《ましょう》の脅威《きょうい》を退け得る存在。

人間でありながら、魔性に対抗できる力を持つ稀有《けう》なる者——。

リエンカの姉として生まれたはずのひと。そして滅んだクタハとともに命を散らしたひと。

未だ生まれ変わりが認められていないひと。

そのひとの呼称が、なぜこんなところで耳に飛び込んでくるというのか？

ここで初めて、リエンカはそれがあの夜の再現でないことを悟った。

これは、自分の生まれ育った家と両親と隣人たちを奪った炎ではない……それではいったい、何だというのか。

何なの、これは……？

まさか、という思いを振り払うように、リエンカは必死に頭をふる。脳裏《のうり》に浮かんだひとつの可能性は、しかし到底信じられるものではなかったのだ。

そんなはずはない。そんなはずがないのだ。

だって、自分は知らないのだ——クタハが滅んだその夜のことなど、何一つとして自分は知らないのだから！

しかし、声はやまない。

『熱い、熱い、熱いーっっ！』

『苦しい……痛い……死ぬ、死んでしまう……こんなところで……』

『お助けください、言の葉姫！　マヤフの……クタハの守護たる御方よ！』

『熱い……灼《や》き尽くされる……骨まで燃えて……燃え尽きていく……わたしの体が！』

『こんな炎が自然のものであるはずがない！　水をかけても消えないだなんて！』

『いやだ、いやだ、いやだ、いやだ！』

『熱い！　炎が……っっ！』

全ての声が、一瞬重なった。

『『『『あの魔性のせいで！』』』』

声が——否《いな》、その全ての意識はただひとつの存在に向かっていた。

焦土の中心に佇《たたず》むひとりの青年に。

この地獄の炎を生み出した存在——炎の魔性ただひとりに。

その髪は漆黒《しっこく》、その双眸《そうぼう》もまたどこまでも深い闇《やみ》。

人間ではあり得ぬ美貌の彼を認めた瞬間、リエンカは彼だ、と確信した。一瞬の後《のち》にはそれは霧散《むさん》してしまったが。

そして、その彼の傍《かたわ》らに艶然《えんぜん》と微笑《ほほえ》みながら寄り添う女性の姿に、彼女はまた「あのひとだ」と思い、それもまた瞬時に忘れさせられてしまった。

炎が、声が遠ざかっていく。

それをリエンカは歯がゆく思いながら、けれど何もできずに受け入れるしかなかった。

何かをしたかった。けれど、何もできない。

心が軋《きし》むような歯がゆさを覚えながら、リエンカはその夢から醒《さ》めていく自らの意識を自覚していた。

必死に手を伸ばし、それにしがみつこうとしたけれど、意識は無情にも覚醒《かくせい》に向かい、そうして彼女は更《さら》なる衝撃を受けることになるのだ……。

※

きい、と寝室の扉が開かれる。

恐ろしくも切ない夢から醒めたばかりのリエンカは、最初それが現実のものだとは思わなかった。

こつり、こつりと近づいて来る足音を聞いても尚《なお》、彼女は夢の続きだと思っていた。

なぜなら、それはいつものことだったから。

あの夜の夢を見た時、悲しい夢を見た時、いつもそんな自分を案じるように寝室の扉を開け、近づいてくるひとがいることを知っているからだ。

けれど、それは現実ではない。

それができる唯一のひと——ともに暮らしているレンバルトは、いつだってそんな夜は出掛けていて、家にいるはずがなかったのだから。

現に、その足音の主は近づいてきて、彼女に声をかけることも、そっと慰めるように触れることさえしたことがない……夢の証《あかし》だ。

だから今日もそうなのだとリエンカは思った。

ただ近づいてきて、そばにいるだけの見えない誰か。

確かにそれだけで悲しみや恐怖が薄らぎ、眠りに就《つ》くことができるだけの安堵《あんど》を与えてくれる夢の贈り主——。

あなたは誰なの……？

問いかけたいけれど、気配はいつもあまりに静かで、身動きひとつで容易《たやす》く消えてしまいそうで……だから、リエンカはそれに気づかぬふりしかできない。

ぴくりとでも動けばそれだけで、優しい夢が駆け去ってしまいそうな気がして眠った風《ふう》を装い続けるしかないのだ。

しかし、今夜は少しだけ、違った。

いつもリエンカが眠る寝台のそばにまで近づいてくるのに、決してそれ以上歩を進めようとしないはずの安らかな夢の贈り主は、今夜に限ってその則《のり》を破ったのだ。

さらり、とリエンカの髪を柔らかく優しく指が梳《す》く。

さらり、さらり、と何度も何度も。信じがたいことに、彼女がよく知る指が……ここ数年ですっかり覚えてしまった優しいひとのそれが。

うそ……。

間違えるはずがない——それはレンバルトのものだった。

どうして。

混乱するリエンカの様子には気づかぬのか、命の恩人で現在自分を引き取り育ててくれている男性は、絞《しぼ》り出すような苦しげな声を洩《も》らした——リエンカの心臓を鷲摑《わしづか》みにするような、その声……そして、紡《つむ》がれた言葉。

「……言の葉姫……！」

心臓が止まるかと思った。

けれど、レンバルトの言葉はそれだけに止まらなかった。

「……なにを考えている？　なにを考えていたんだ、言の葉姫……お前は？　この娘《こ》を救い、この娘を護りつづけることで、わたしが何を得られると……!?　お前の言葉に従う形でこの娘と暮らすようになってすでに四年……だが、わたしにはまだ何もわからない。もしや永遠に解けぬ謎を与えることで、お前はわたしに報《むく》いを与えたつもりなのか……!?」

圧《お》し殺した声に宿《やど》る、明らかな激情——。

リエンカはいっそこの瞬間に胸の鼓動《こどう》が止まってしまえばいいとさえ思った。

なぜなら、こんな言葉など決して聞きたくはなかったのだから！

『言の葉姫』

そう口にするレンバルトの声の響きが全てを物語っているのだと、リエンカは感じた。

姉さまのため、だったんだ……！

絶望に心が軋《きし》みそうだった。

自分をあの火事から助け出してくれたのも、両親を喪《うしな》った自分を引き取って大切に育ててくれたのも……全部、全部。

言の葉姫——リエンカの姉の願いゆえのことだったのだと！

思った瞬間に、心が悲鳴を上げた。

この夜感じ取った数多《あまた》の事柄の中で、なぜこのことを真っ先に感じ取ってしまったのかと
……その皮肉な巡り合わせに、リエンカの心は慟哭《どうこく》した。

初めて恋した相手の心は、すでに他のひとのもの――。

その苦しみに耐えるだけでリエンカは精一杯だったのだ。

2

リエンカの朝は早い。

夜明けより少しだけ遅い時刻に起床し、ある場所に向かうためだ。

明るくなりかけた空の下、リエンカは毎日街外れの井戸まで往復する——それはここ三年ほどの日課となっていた。

ユーライカは広い。その街外れともなれば、相当な距離を歩かなければならない。

片道で半時、往復で一時——井戸から水を汲《く》む時間、帰宅してからの処理にかかるそれを含めれば、その作業だけで三時近くの時間を費やすことになる。午前中はその作業で終わることになるのだが、三年前からリエンカは頑固《がんこ》にその行為を自《みずか》らに課していた。

ユーライカの最南の井戸の水をくみ上げ、自宅に持ち帰ってから竈《かまど》で一度沸騰《ふっとう》させた後《のち》に冷やす。

そうしてできた湯冷ましを水差しに注ぎ、屋敷の主人を起こすためにその寝室に足を運ぶのだ。

三年ほど前、体調不良を訴えたレンバルトが、その井戸の水にその処理を施したものに限って美味《おい》しそうに飲み干した時から、リエンカは彼に届ける水はその井戸のもの、そして同じ処理を施したものと決めていた。

だから、今日も水差しいっぱいの湯冷ましを手にレンバルトの寝室の扉を叩いた。

「レン、そろそろ起きないと」

寝坊を咎《とが》める口調で告げて件《くだん》の水を差し出せば、寝台の上で億劫《おっくう》そうに身を捩《ねじ》ったあと、薄茶の髪の青年はのろのろと瞼《まぶた》を上げた。

髪と同じ薄茶の睫《まつげ》に縁取《ふちど》られた瞼の奥から覗くのは、濁りのない琥珀《こはく》の双眸《そうぼう》だ。

そこに浮かぶ光を目にする度《たび》、リエンカは胸を締めつけられる。

だが、そのことには目隠しをして、彼女はずい、と寝ぼけ眼《まなこ》の青年に盆の上のグラスを押しつける。

「ほーら、起きる！　今日は大事な商談があるって言ってたでしょう⁉」

そんなことでどうするの！

叱りつけるように言うと、レンバルトはくしゃり、と笑みなのか苦笑なのか判然としない表情を浮かべて「ああ、そうだった……そうだったな」と返してきた。

その瞳《ひとみ》の中に泣きそうな気配《けはい》を感じるのはきっとリエンカの気のせいだ。

だって、彼が自分を見て泣きそうな顔をする理由が思い当たらない。

だから、いつもの強気な顔でグラスを持ち上げつきつけるのだ。

「そうだったな、じゃないでしょう!? まったく……いくら大きな屋敷を構えていたって、レンバルトはユーライカではまだまだ新参者なのだから、気を抜くわけにはいかないと、これはあなたの口癖《くちぐせ》だったたでしょうに」

リエンカはレンバルトの商売の詳細を知らない。

宝飾品の類《たぐい》を扱っていることは知っているが、それ以上のことは教えてもらっていない。もっと知りたいと尋ねようとすると決まって、彼のやんわりとした拒絶にあうのだ。

『小さなリエンカ、君は何も気にすることなく、好きな道を歩いていけばいいのだから』

と――。

レンバルトのことだから知りたいという思いは、きっと絶対伝わっていない。

彼にとって自分は十七になった今でも『小さなリエンカ』のままなのだから。そしてそうである以上、彼女もそれを伝える気にはなれない。

出会ってから七年――レンバルトはちっとも変わっていないように見える。

自分自身がそうだから、もしかしたらリエンカも彼の目には小さな十歳の少女のままに映っているのかもしれない。そんな風《ふう》にしか見られていないのであれば、この恋心を伝えたところでなんになるというのか。

彼の答えはわかりきっている。

『小さなリエンカ、それは錯覚《さっかく》だよ、助けられた恩を恋と勘違いしているだけだ』

あるいは――。

『嬉しいな、大きくなったらお嫁においで』

と、正に出会った当時の少女に向けて、大人らしい言葉で誤魔化《ごまか》すか……。

どちらにせよ、彼は本気で受け取ってはくれない。

本当の理由を挙げて断ることさえ、彼はしてくれないだろう――彼の中で自分が『小さなリエンカ』である限りは。

もう、小さくはないのだと、大声で叫びたい。

だが、それができない理由もまたリエンカにはあって、だからこの想いに終止符を打つための一歩さえ踏み出せない。

それは、目覚めた瞬間に見せるレンバルトの瞳に宿る光――。

真っ直ぐに自分を見つめておりながら、しかし自分ではない誰かを、自分を通して見ているとしか思えない――その眼差《まなざ》しゆえに。

誰を視ているの？

喉元までせり上がってくる、けれど決して口には出せぬ問いゆえに、リエンカは口を開くことができない。

そうして、だから。

拒《こば》まれぬよう、せめてともにいられるこの時間を守るために、彼女はレンバルトの『勝ち気な養い子』を演じつづけるしかないのだ。

「さあさあ、起きて！　一日の始まりよ！」

押しつけたグラスをレンバルトが受け取るなり、両手をぱんぱんと鳴らしてリエンカは宣言した。

……日々は、似たようなことばかりの『一日』の繰り返し。

それでいい、とリエンカは思う。

まだしも、その方がましだと――。

七年もの間、外見的な変化をほとんど見せなかった青年が、その傍《かたわ》らにあり続けた自分の変化に気づき、結果として『誰か』を思い出すよりは……ずっと。

自分は、言《こと》の葉《は》姫ではないのだから――。

「ちゃんと起きたわね⁉　じゃあ、わたしは授業があるからもう出るわね！」

言いたいことだけを言い置いて、さっさときびすを返したリエンカの後ろ姿を見つめながら、レンバルトはふう、と息をついた。

養い子たる彼女の朝が慌ただしいのはいつものことだ――朝一番の講義には間に合わないこの時刻に彼女が急いで家を出る理由を知らなければ、彼としても「もう少し計画的に動くことを覚えたらどうだ」と苦言のひとつも口にしているところだ。

ふう、ともうひとつ息をつき、レンバルトは押しつけられたグラスの中身を凝視する。

見たところ、何の変哲もないただの水だ。

だが、それがただの水などでないことをレンバルトは知っている――いや、感じ取ることができるのだ。

一度熱処理を加えた後に冷やした湯冷まし。

三年前から、彼女は毎日これを欠かさず自分に持ってくるようになった。

襲《おそ》い来る悪夢ゆえに、衰弱《すいじゃく》しきったこの身に負担をかけなかった唯一《ゆいいつ》の『水』だと彼女が認識したがためだ。

※

あの時期……レンバルトは本当に衰弱しきっており、ただの水でさえ喉《のど》を通すのが辛《つら》いほどだった。

理由は簡単明瞭《めいりょう》で、それが『水』であったから、だ。

だが、そんなことは到底《とうてい》周囲に打ち明けられるものではなかった。否《いな》、レンバルト自身信じられない想《おも》いのほうが強かったのだ。

何ら特別な力を宿しているわけでもないただの水に、ここまで我が身が打ちのめされようとは――そんなことがあり得るなどとは！

全ては、ただひとりの少女の唇《くちびる》から紡《つむ》がれた言葉が原因だ。

『水に、火は……炎は剋《か》てない』

だから、この先お前は水に苦しめられることになるだろう。

勝ち誇った笑みで宣言した少女の顔は忘れられるものではない。

青みがかった銀髪に、光の加減で金にも見える薄茶の双眸《そうぼう》を持つ彼女は、レンバルトに数多《あまた》の呪《のろ》いをかけたのだ……その強大なる言霊《ことだま》の力を用いて。

言霊とはすべての言の葉に宿《やど》るものだ。しかし、その力を言の葉を操る全ての者が操れるわけではない。当然といえば言える。言葉を口にするあらゆる者がその力を自在に振るえるならば、世界はいまとは全く違う姿をたたえていたに違いないのだから。

虚言のもたらす世界へかかる歪《ゆが》み、憎悪《ぞうお》が呼ぶ呪詛《じゅそ》の言霊による軋《きし》み、曇《くも》り、淀《よど》み、濁《にご》り——そんなものが一緒くたになって世界を覆い、とうにこの世は終焉《しゅうえん》を迎えたことだろう。

そうならなかったのは、人間にも人間でない者にも、完璧に言の葉を操る術《すべ》と力が許されなかったせい……いや、おかげか。

ただひとりの例外を除き、完全なる言霊を発現できる者はおらず、それゆえに世界は均衡《きんこう》を保ち得ている。

そう……その唯一の例外——完全なる言霊を駆使《くし》する力を持つ少女の不在ゆえに。

言の葉姫。

それは名前ではない。

先代の死と同時に次の生を受け、その強大なる能力を代々受け継いできた娘たちをひとくくりにする『記号』に過ぎない。

だが、その記号に過ぎない称号を与えられた娘達の放つ力は圧倒的なものだった——そう、最後の『言の葉姫』の呪いを受けたレンバルトは……いや、現在そう名乗っている自分ほどにその凄《すさ》まじさを知る者はいまい。

そう確信してしまえるほどに、あの折の彼女の言霊は鮮烈だった。

『お前が滅《ほろ》ぼした全ての人間の魂《たましい》は、お前の中で解放されるそのときまで苦しみを訴えかけるだろう……そしてわたしはお前の魂そのものに重なり、人間がなにをどう感じるのかをお前に感じさせ続けよう』

耳にした瞬間、背筋を駆け抜けた寒気を、当時の自分は取り合わなかった。

命を摘まれる寸前の娘が破れかぶれに言の葉を口にしているだけなのだと——呪詛に似た言葉を終えると同時に炎に身を投じた娘の姿を目にしたときも、やはりとしか思わなかった。

それが、この命を……存在自体を脅《おびや》かすような代物《しろもの》であろうとは、あの時には想像することもできなかった。

だが、すぐに思い知らされた。

彼女の言葉は悉《ことごと》くが現実と化した。

自分が滅ぼした人間たちは、魂だけの存在となりながら、日ごと夜ごとに生身を炎に包まれる苦しみを殺戮《さつりく》者たる自分に訴えかけてくるのだ。

苦しい、痛い、と。

そんな声にも、最初のころはなにも感じることはなかった。

快《こころよ》くさえ聞こえたものだ。

それは弱者の足掻《あが》き苦しむものでしかなかったのだから……そうとしか、そのときは感じられないものだったのだから。

だが――。

それらの苦悶《くもん》は――悲鳴は。

次第にレンバルトの魂に共鳴してきた。

言の葉姫の言霊のせいで。

彼女の肉体を喪《うしな》った魂は文字通り彼の魂に重なり、これまで考えたことも想像したことさえなかった脆弱《ぜいじゃく》な人間という生き物の感性を、否応なくその魂に刷り込んできたのだ！

たとえば皮膚《ひふ》を炎に嘗《な》められた際に『人間』が感じる苦痛――。

たとえば肉体がすでにないことにも気づけぬほどの苦悶――。

たとえば目の前で大切な命が失われた痛み――。

それを為す術《すべ》もなく見つめることしかできなかった自《みずか》らへの呪詛――。

件《くだん》の少女の魂が、彼の魂を浸潤《しんじゅん》していくにつれ、亡者たちの悲鳴は彼の中で大きく重く、そして実害をもたらす種類のものへと変化していった。

自らのものと錯覚《さっかく》を覚えるほどのリアルさを伴う感覚、感情へと。

人間にあらざるこの身が、我が事のように人間のそれらを感じる――これほどの恐怖があるだろうか。

最初にそうと気づいたときのことを、レンバルト……否《いな》、白焔《はくえん》の妖主《ようしゅ》が配下来焔《らいえん》は決して忘れられない。

人間など虫けらか時折自分を楽しませてくれる玩具《がんぐ》にすぎなかった。対等とは到底認められぬ脆弱で短命で無様な生き物としか認識できぬ生き物だった。

それは、特異な能力を持つ人間であろうと変わらなかった。

魔性を——あくまでも下位のものに限られるのだが——封じる、あるいは魅了し味方に引き入れる、あるいは意志持つ特殊な武器で以《もっ》て斃《たお》す能力を持つ者たちが集《つど》う浮城《ふじょう》という存在を知っていても、それでも覆《くつがえ》すことのできない絶対の認識だった。

肉体なしには正常な状態を保てない意識体など、意識そのものが力であり存在の証《あかし》である上級魔性——妖貴《ようき》にとって、到底対等とは認められないものだった。

だから、浮城の住人を除《のぞ》けば唯一と言える、在野の異能の主である『言の葉姫』で遊ぼうと思った時も、「所詮《しょせん》は下等生物」という思いが強かった。

自分より上位にある者たちが、なぜ、たかが人間に手出しを控えているのか理解できず、苛《いら》立《だ》ったのがきっかけだったように思う。

一応の用心で、『言の葉姫』にすぐには気取られぬよう仕掛けを施し、彼女の周囲の人間たちにもそれなりの手立てをして、彼女を隔離《かくり》した。

常にその死と同時に赤子に魂が宿り直し、生まれ変わり、ごく一時期を除き常にマヤフを護り続けてきたという言の葉姫の在り方は、来焔にとって非常に都合良かった。

彼は、来焔の炎が王都の一部を襲ったことだけで震え上がった臆病《おくびょう》な重臣たちに囁《ささや》いただけである。

――世継ぎの君を、一刻も早く安全な場所へ。言の葉姫にはその時間を稼いでいただきましょう……最悪の事態となろうとも、あの方はすぐに生まれ変わって来てくださるはずなのですから。

この囁きに反論する重臣は皆無《かいむ》だった。

言の葉姫が、マヤフを護るのは当たり前のことであり、国のためにたとえ命を落とそうと彼女はすぐに生まれ変わる。

長い……永《なが》い『言の葉姫』のマヤフへの守護は、そう重臣たちに思わせるだけのなにかを生み出していたのだろう。

かくして王都を炎に浸食されたマヤフの中枢を担う者たちは、『万が一』の事態を想定し、その際欠かすことのできない幼《おさな》い王太子《おうたいし》を連れて王都クタハから落ちた。

せめて、その決断を責められることを覚悟の上で言の葉姫に伝える者がいたならば、何か違う展開となったかもしれない。

だが、現実は変わらない。

彼らは一切の説明もなく、言の葉姫ひとりにクタハを押しつけ、逃げ出した。

弱き『人間』は、異能を持つ存在を万能のそれと勘違いし、あっさりと裏切りを裏切りとも認識もせずに切り捨てたのだ。

切り捨てられた側である言の葉姫の心中はいかばかりであったろう。

身命を賭《と》して護り続けてきたマヤフの中枢からの、あまりにも惨《むご》い仕打ちに彼女は何を思っただろう――。

だが、そんな感傷は今ならでこそ覚えるものだ。

あのとき――七年前のあのときには、来焔は純粋な……残酷《ざんこく》な興味でもって彼女の反応を確かめたいとしか思わなかった。

御輿《みこし》となる王太子と大貴族たちだけが王都を抜け出したことも知らず、必死にクタハを護ろうとしていた年若い少女――。

だが、それでも彼女の振るう力は懸念《けねん》していたほどのものではなく。

あっさりとクタハが陥ちたときに感じたのは、言の葉姫に対する失望だった。

だから、必要もないのに街を、人間を灼き尽くした。

そうして最後に、少女に会いに行った――彼女の無力感を煽《あお》るためだけに！

まさか、その場で……彼女がこれまでマヤフのためにすら行使したことのない、命を賭した

『呪詛』をこの身にかけられることになるとも知らず。

そう、自らの魂ごと枷《かせ》と換える言の葉で彼女は来焔を縛りつけた。

『お前が滅ぼした全ての人間の魂は、お前の中で解放されるそのときまで苦しみを訴えかけるだろう……そしてわたしはお前の魂そのものに重なり、人間がなにをどう感じるのかをお前に感じさせ続けよう』

そして彼女は炎に身を投じて死んだ。

あのときから、来焔の心は安らぐことを忘れたのだ。

言の葉姫の魂に添われたせいか、本来必要としない眠りが彼を襲うようになり、その度に悪夢に見舞われるようになった。

赤黒く燃えさかる劫火《ごうか》が一面を覆い尽くす世界――灼かれ苦悶の声を上げ続ける人間たち。

最初はこんなもので罪悪感でも煽《あお》るつもりかと鼻で笑ったものだったが……次第次第に、苛立ちが募っていった。

あるいは、それこそが言の葉姫の狙いだったのかもしれない。

新たな命として生まれ変わることなく、彼岸《ひがん》へと旅立つこともなく、言の葉姫の魂は来焔に寄り添い、人間の感覚を、感情を、絶えず伝え続けたのだ。

皮膚が灼かれる熱と痛み――生きながら灼き尽くされる恐怖と絶望。

そんなものを無理矢理味わわされ、さしもの来焔も辟易《へきえき》した。

しかし、すぐにそれらはもっと別の感覚をもたらし始めたのだ——。

痛い、熱いと絶叫する声に、胸の一部がどうしようもなく痛むようになったとき、来焔はこれはいったい何の冗談かと思った。

苦しむ人間たちの姿を目にし、苦悶の声に苦痛を感じるなど、魔性にはあり得ざることではないか——これこそが言の葉姫の呪いなのだとしたら、彼女は魔性などよりよほどタチが悪いと思った。

その痛みは日々増す一方——言の葉姫の魂は、日々人間の痛みと感情を自分に伝えつづけてやめようとしない。

たまらなかった。

何度彼女の魂を灼き尽くそうとしたことか——だが、言霊の力で寄り添うそれは、来焔の炎に灼かれることはなかった。

同輩《どうはい》の誰かの炎で試そうと思わないでもなかったが、たかが人間などに取り憑《つ》かれたこのありさまを知られるわけにも行かず、徒《いたずら》に日々は過ぎた。

そんなとき、ようやく彼は思い出した。言の葉姫の最期《さいご》の言葉を——あの忌《い》まわしい呪詛とは別に、気まぐれのように投げかけられた本当の最期の言葉。

『お前がいつか、救いを求める気になったら、わたしの妹を護ってみるといい。最早わたしにもこの［呪］を解くことはかなわぬが……あの子なら、できるかもしれない』

……調べるのは容易《たやす》かった。

来焰が死なせた言の葉姫の生家は特に隠されてもいなかったのだから。

遠目に目にした言の葉姫の妹——リエンカは、あの不可思議にして強大な言霊を操る少女の妹とは思えぬほどに平凡に見えた。

そもそも言の葉姫の力は血で受け継がれるものではない——実の姉妹だからといって、某《なにがし》かの異能を妹である少女が持っているとは限らない。

それでも、言の葉姫の紡いだ言葉だ。無視もできず、さりとていまだ十になるかならずの少女に救いを求める気にもなれず、ただ遠くから様子を窺《うかが》っている内に、大火が彼女たち家族を襲った。

ただの炎だ——炎を操る来焰にとっては消すことなど造作もなかった。いや、そのはずだった。

言の葉姫が遺《のこ》した唯一の救いをもたらす少女の命がかかっている——来焰は即座に炎を消すべく力を揮《ふる》おうとして……愕然《がくぜん》とした。

彼のなかに集った死者たちの魂が、彼が力を発現させようとした気配に気づいた刹那《せつな》、恐怖に絶叫し、彼の心身を縛ったのだ！

好きなときに力を振るえぬことなど、それまで想像したことすらなかった事態に来焰は焦《しよう》燥《そう》と苛立ち……そして、得体の知れぬ恐怖を覚えた。

炎は勢いを増し、少女の住む家を舐《な》め尽くそうとしている。このままでは言の葉姫の妹は炎の中で息絶えるだろう……唯一の希望が、たかが炎のせいで喪われてしまう！

そんなことは許せるはずがなかった。

しかし死者たちのせいで、自分は炎を使えない。

だとしたらどうすればいいのか——できることは、ひとつしかなかった。

自ら炎の中に飛び込み、幼い少女を救い出すという、上級魔性たる自分には似合わぬ無様な方法しか！

だが、他に途《みち》がない以上、来焰はそうするしかなかった。

炎の中からリエンカを救い出し、人間として暮らすための身元を整え、そうして始まった擬似父娘の暮らしも、今年で七年になる……。

その間、リエンカが特別な力を揮《ふる》ったことはなかった。彼女はただいじらしいまでのやさしさで来焰の苦しみを癒《いや》そうとしてくれただけだ。

死者の呪縛ゆえに炎を使えなくなったばかりか、『水』に触れることで痛手を受けるようになった来焔……否レンバルトのために、毎朝街外れの井戸から水を汲み、一度火にかけたものを充分に冷やした湯冷ましを用意する。彼の身を案じて、『火に負けた水』を届けてくれる。

その優しさに愛しさを覚えるが、他に特別な力などありそうもない。

言の葉姫の言葉だからと鵜呑《うの》みにしたのは間違っていたのか——だが、いくら自問しても中、い、い、い、にいるはずの死した少女は答えない。

額《ひたい》に手をあて、来焔はゆっくりと起き上がった。

空間が軋《きし》んだのはその瞬間だった。

ひやりとした冷気と妖気は覚えのあるもので、彼は思わず眉宇《びう》をひそめる——それは、この今のありさまを一番見られたくない相手のものだったのだ。

「久しいな、来焔」

ぞくりとする艶《つや》を孕《はら》んだ女性の声が耳を打つ。

振り返るまでもなく、それが誰かわかりきっていた。七年前まで王たる白焔の妖主の寵《ちょう》を競っていた相手だ——今、どんな顔をしているのかまでまざまざと思い浮かべることができた。

豊かな黒髪を靡《なび》かせ、傲然《ごうぜん》と腕を組み……かつての同輩の失態を実に楽しげに見下ろしているに違いないのだ。

よりにもよってこの女に見つかるとは——。

苦虫を噛《か》み潰したような顔になるのは致し方ない。

いかな嘲りの言葉を受けようと、この状態では諦めるよりない。

内心嘆息しつつ、来焔は相手を振り返った。

「煌弥《こうや》――」

艶のある黒髪を無造作に背に流し、簡素とも言える漆黒《しっこく》の衣《ころも》を豊満な身に纏《まと》い、深紅《しんく》の薔薇《ばら》より艶《あで》やかな美貌に笑みをたたえて――来焔の予想通り、その女は宙空に立ち、高所から彼を見下ろしていた。

※

白焔の妖主白煉《びゃくれん》は、名前の通り真白の焔《ほのお》を繰る、外見は白蓮《はくれん》のごとき女性である。

その第一の配下である焔矢《えんや》は、奔放《ほんぽう》で激しい気性そのままの、灼熱の朱焔を操る緋色《ひいろ》の薔薇のような女だった。

そしてその次の座を巡り、来焔がかつて争っていた相手――煌弥は、薔薇は薔薇でも黒とも見まがう深紅の大輪のそれを思わせる艶冶《えんや》な美貌の女である。その操る炎もどこか扇情的《せんじょう》な輝きを放つ。

性格は一言でいうなら自己至上主義――白焰の君という唯一の例外を除けば、彼女は自分のため、自分の好きなようにしか動かない。そしてそのことを隠そうともしないものだから、彼女を嫌う者は多かった――とはいえ、魔性とは本質的には自らを第一に考える種族であるから彼女に向けられる悪意は、そう振る舞うことが許されるだけの彼女の力に対する羨望《せんぼう》と嫉妬《しっと》の裏返しと言えないこともない。

来焰も彼女を嫌っていたが、前述の理由によるものではない。ほんの少しばかり先に生まれたという理由で、彼女が彼をことあるごとに子供扱いしてくれるせいだった。若造呼ばわりは常日頃、酷《ひど》いときには坊や扱いされたこともある。

力の上では拮抗《きっこう》している相手から、そんな扱いを受けて平気でいられるはずがない。しかし、口も達者な煌弥は、言葉による反撃すらも許してはくれないのだから嫌いにもなろうというものだ。

七年前の最後のやりとりもそうだった。

『気をつけて行っておいで』

『なんだ、気遣《きづか》っているつもりか、気色の悪い』

子供扱いされ、不機嫌に応じた来焰に、煌弥はにい、と口の端をつり上げて告げた。

『言の葉姫は代々記憶の浄化を経ずして転生《てんせい》を繰り返して来た妖女だ。人間の脆《もろ》い肉体に繋がれているとはいえ、その魂は数百年を生きた魔性《われら》のものと変わらぬ……そなたは年若いだけに素直なところがあるからな、年経た妖女の罠《わな》などにかかりはしないかと心配してやっているのだよ』

『余計な世話だ』

短く吐き捨てるようにして、別れた――。

彼女があの折のことを忘れていなければ、この自分のありさまに遠慮なく突っ込んできてくれるに違いない。そして、まず間違いなく彼女は忘れていない……短くはないつきあいで、そこまで読めてしまうことが正直切なかった。

はたして、煌弥は組んでいた腕を解くなり、彼に不躾《ぶしつけ》なまでの視線を投げかけてきた。

「言の葉姫の始末に向かったきり、戻って来ないと思っていたら……ずいぶん愉快なことになっているようだな」

来焔が恐れた嘲りの響きはなかったが、その声には確かに呆《あき》れかえったと言わんばかりのそれはたっぷりと含まれていた。

……だから、この女にだけは見つけられたくなかったというのに……。

思っても仕方ない。現に煌弥は自分を見つけ出してしまったのだから……残る途《みち》は、何用あっての来訪かを聞き出し、さっさと追い返すことだ――炎を操ることさえ適わぬ今の状況で、本当に追い返すことができるとは思えなかったが。

それでも、どうしても訊《き》きたいことはあった。

「……輝かしき彼《か》の君はお元気か？」

脳裏《のうり》に浮かぶのは、皓《しろ》き輝きを纏《まと》う至高の存在――。

真白の髪と銀の双眸《そうぼう》、極上の陶磁器《とうじき》の肌を持つ焔の女神への信奉と忠誠は未《いま》だ薄れたわけでも消えたわけでもないのだ。

その来焔の問いに、煌弥は驚いたように目を瞠《みは》り、次いでやれやれとばかりに肩を竦《すく》めて見せた。

「人間《ひと》を装い隠遁《いんとん》しているだけかと思いきや、本当に人間の世界に埋もれていたのだな。勿論《もちろん》、我らが君はお元気でらっしゃるとも。だが、変化はあったぞ……魔月《まげつ》が滅《めつ》し、焔矢は今や若君にほとんどかかり切りだ」

人間などに取り憑かれた今の自分を眷属《けんぞく》に知られたくないという思いは強く、それゆえに決して探索の糸口となるような行動を自らに禁じてきた――つまり、魔性世界の情報からいっさい縁を切ってきたわけなのだが――来焔にとって、それは衝撃的な知らせだった。

魔月とは、自分のすぐ下位にあった妖貴だった。白焔の妖主《きみ》の気を惹《ひ》くために絶えずあれこれ趣向を凝らした遊びを繰り広げていたと記憶しているが……その彼女が滅した？

魔性同士はよほどのことでもなければ眷属との諍《いさか》いを避ける――どうにも譲《ゆず》れぬ場合は互いに決して退きはしないが、そんなことはごく稀《まれ》にしか起こらない。

だが、在《あ》りし日の魔月の実力を考えれば、到底浮城の人間程度にしてやられるとも思えない――だとしたら。

「……どなたかの不興《ふきょう》でも買ったのか？」

問いを呟きながら、しかし来焔の意識は先ほど煌弥が口にした言葉の後半部で占められていた。

若君。

その意味するところはひとつしかなく、衝撃が胸に襲いかかる。

「……新たな御子《みこ》が……？　それともかつてお産みになった……？　だが、あの折の御子はおふたりともが人間を装っていらした間に生まれた方で……ただの人間の子供に過ぎなかったのでは……？　だから、彼の君は捨て置かれたはず……」

煌弥が深々と息をついた――あきれ果てたと言わんばかりのその仕種に、しかしなにもかもが初耳である来焔は食ってかかることもできなかった。

「……最初の御子だ……まあ、いろいろあってな、我らが血に目覚められた。だが厄介《やっかい》な縁を抱えられて、それで焔矢が……と、まあ、そのあたりのことはおいおい説明すればいいか」

何かを悟ったような、あるいは割り切ったようなきっぱりした煌弥の口調に、来焔は不安とも恐怖ともつかぬ思いに心臓がどくりと大きく脈打つのを感じた気がした。

彼女はなにを告げようとしているのか。

聞きたいような、決して聞きたくないような複雑な思いに胸がかき乱される。

言うな、と反射的に言葉を投げつけようとして、来焔ははっと息を呑んだ。

なぜ、そんなことを口にしようとしたのか——その理由を突き詰めるのは、あまりにも危険な行為だと本能が訴えたのだ。

だが、次の刹那《せつな》、煌弥の口から紡《つむ》がれた言葉を耳にした瞬間。

襲いかかってきた衝撃の大きさは、本能が危惧《きぐ》したもの以上に大きなものだった。

「戻って来い、来焔」

短く告げられた、艶冶な美女の声に、来焔は魂が激しく揺さぶられるのを感じた。

「殺しても殺してもすぐに生まれ変わる言の葉の妖女は我らにとって看過《かんか》できぬ障害だった……そなたはそれを、己が身を以《もっ》て絡《から》め取り現世に引き留めたのだ。充分な功に値する。その亡霊も、我らが君の白焰の前では塵《ちり》ひとつ遺《のこ》すことなく燃え尽きる……この手を取れ。そして、我らが至高の炎の君に、忌まわしき枷《かせ》を灼き払っていただくのだ。そうすれば、お前が無意味に苦しむ必要はなくなる。邪魔な言の葉姫の魂も消滅する。良いことずくめだ」

だから、この手を取れ——。

傲然《ごうぜん》と、しかしこの上ない優美な仕種で煌弥が右手を差し出してきた。

長く美しい指——白く美しい手——細く優美な腕。

くらりとした。

それは、言の葉姫の呪詛によって、七年もの間死者たちの叫びに晒《さら》され、疲弊《ひへい》しきった心にとってはこの上ない誘惑だった。

言の葉姫は、救いは彼女の妹であるリエンカによってしかもたらされないと言った。

しかしリエンカにそれらしい力は片鱗《へんりん》とて見いだせない。

煌弥は告げる——白焰の妖主に希《こいねが》えば、来焰に取り憑いたすべての死者の魂は消し去れる、と……。

心が、揺れる。

疲弊した心が揺れる。

死者たちの悲鳴と苦悶に満たされ続けた心に、差し出された『確実』だと思われる力の主による提案に……心が、傾く。

「……煌弥……」

名を呼んだのは無意識か——だが自らの右手が相手の差し出したそれを取るために動いたの

は間違いなく自分の意志だ。

人間《ひと》は心弱い生き物だ――そう嘲っていたかつての自分はなんと傲慢で無知だったのかと来焰は思う。

あれほどの慟哭《どうこく》、あれほどの恐怖、あれほどの痛み――あんなものを受け止めることのできる生き物の、どこが弱いというのだ！

弱いというのなら、却《かえ》って――。

誘惑に逆らいきれず、煌弥の差し出した手に自らのそれを重ねようとしている自分こそが――力の奢《おご》り、力及ばぬ事態に不慣れであるために……一言で表現するなら『打たれ弱い』という弱点を抱える自分たち魔性こそが……！

そう、思った瞬間だった。

第三の、圧倒的な力を有する何者かが干渉してきたのは。

「なにやら面白《おもしろ》そうなんだか厄介《やっかい》そうなんだか判断に困るやりとりなんだけどさぁ」

口調の軽さとは裏腹な、圧倒的な妖気が一瞬だけ来焰と煌弥が対峙《たいじ》する空間に伝えられて来た。

緊張したのは来焰だけではなかった。

煌弥の身を包む空気もまた、その声の乱入で一気に硬化した。

ぎりぎりとふたりの妖貴の殺気が満たす空間に、しかし相手は何ら気負いもない様子で——そんな必要もないとばかりに……ひょい、と姿を現した。

馬鹿《ばか》な、そんなはずは……という思いは、出現した存在を目にした瞬間霧消《むしょう》した。

その身に纏う絶対の色彩ゆえに——否《いな》、その身が背負う絶対の力ゆえに。

「できたらそういうお話し合いは、あと数日後に持ち越してくれないかなぁ」

緊張というものを知らないとしか思えぬ態度と口調で、妖貴ふたりに堂々と言い渡した相手は——世界に五人しかいない、特別な色彩を纏《まと》う存在……魔性の王のひとりだったのだ！

「いやぁ、今おれの連れが街を見物してるはずでさー、その連れってのがまた厄介事を引き寄せる達人でねー」

獰猛《どうもう》な気配を放ちながら、軽佻《けいちょう》な口調で言葉を紡ぐ——深紅を纏う青年に、身構えたのは来焔だけではなかった。

しかし、深紅の闇《やみ》の王にして、時すらも自在に操る特異な王は、にやりと嗤《わら》いながら来焔と煌弥に願い事をする形を取った脅しを平然とかけてきた。

力のほとんどを死者たちに束縛《そくばく》されているも同然の来焔は勿論《もちろん》のこと、白焔の妖主の側近に上り詰めた煌弥にしても、彼の王の言葉に無闇《むやみ》に逆らうことは良しとしなかった。

もっとも、そんな紅《あか》の王の手配は無意味だったと後《のち》に判明するわけだが。

否応なしに事態が動く――その前兆を来焔が感じ取るには充分な出来事だった。

3

リエンカは通い慣れた学園への道を歩みつつ、今朝のレンバルトの様子を思い出していた。

いつの頃からか、あの赤黒い悪夢がレンバルトが見るそれだと気づいていた――否《いな》、本当に確信したのは三年前のことだ。

リエンカも見たあの悪夢――人々の悲鳴と絶叫と絶望のみが支配するあの黒焔《こくえん》が覆《おお》い尽くす世界。

それを胸に宿《やど》しているのが他ならぬレンバルトであることを、彼女は直感としか呼びようのない感覚で察知した。

なぜ、レンバルトがそんな夢を見るのかは知らない。

けれど、夢のなかの人々の悲鳴も苦痛も本物で……それらのせいで彼がこの上なく苦しんでいることは理解できた。

苦しんでなどほしくない。

けれど、そのためになにをすればいいのかもわからず、リエンカはずっと苛立《いらだ》ちを抱え続けていたのだ。

その苛立ちから解放されたのは、あの悪夢とは違う……だが、不思議な感じのする夢の中で、自分より三つ四つ上の、どこか亡き母に似た面差《おもざ》しの少女に出会ったおかげだ。

『彼を苦しみから解き放ちたいのなら、南の井戸から汲《く》んだ水を一度火にかけたあとに冷ましてあげることよ』

少女が誰なのか、またなぜそんなことを識《し》っているのか——気にはなったけれど、そのときは日に日に元気がなくなるレンバルトをどうにかしたくて彼女の言葉にただ従った。

ユーライカの南の外れの井戸から水を汲み、それを一度沸騰《ふっとう》させて冷ましたものを悪夢に苦しめられたであろう日の朝、レンバルトに差し出したのだ。

悪夢を見た翌日、いつも水を億劫《おっくう》そうに受け取る彼が、その朝だけは少し違った様子を見せた。

最初はいつもと同じく、渋々《しぶしぶ》といった風《ふう》にリエンカの差し出した水を受け取ったのだが、その椀《わん》に口をつけもしないで、はっと驚いたように息を呑《の》んだのだ。

『……これは……？』

どうしたのだと、その琥珀《こはく》の双眸《そうぼう》が問いかけていた。

なぜ、そんなことを尋《たず》ねられるのかリエンカにはわからなかったけれど、夢の少女のことはともかく——母も美しいひとだったが、夢の中の少女は母以上に美しかったからレンバルトに話したくなかったのだ——他に隠すことはないと判断し、素直に答えた。

『湯冷まし……レン、最近あんまり体調がよくなさそうだから、生水《なま》より一度熱を通した水のほうがいいかと思って……』

水のほうがいいようなら、汲み直してくるけど？

そう問うた彼女に、レンバルトは「いいや」とかぶりを振った。

『いいや、これを貰《もら》おう……ありがとう、世話をかけてしまったな』

ふわりと柔らかく微笑《ほほえ》み、水を口にした彼の顔をリエンカは忘れられない。

それまで何度も目覚めの水を自分が持って行く度《たび》、レンバルトは本当に気が進まない様子でグラスを口に運んでいたのだ。

自分を気遣《きづか》ってか、決して表には出そうとはしなかったけれど、口に含んだ一瞬、その瞳《ひとみ》に浮かぶ苦痛の色はリエンカの心に抜けない棘《とげ》のように突き刺さったものだ。

どこの水を運んでも同じ——南の井戸の水だって、汲んできたのはその日が初めてではなかった。

なのに、その日に限って……夢に出てきた少女の言葉に従って差し出した水に限って、彼は本当に美味《おい》しそうに最後の一滴まで飲み干し、安堵《あんど》したような息を洩《も》らしたのだ。

なにが違うのだろう――。

その瞬間、強烈な嫉妬《しっと》が胸の奥に広がった。

苦しむレンバルトを知りながら、自分はなにもできなかった。

なのに、夢の中に出てきた自分より少しばかり年上の少女は難なく彼の苦痛を取り除《のぞ》いたのだ！

彼女は誰？

胸が掻《か》きむしられるように痛くなった。

青みがかった銀の髪を結うことなく背中に流した美しい少女――勝ち気そうな薄茶の瞳に、限りない愛《いと》おしみの色をたたえていたあのひとは。

問いただしたくて仕方なかった。彼女が誰なのか、どうしてレンバルトが楽《らく》になれる水の作り方を知っていたのか――けれど同時に決して尋ねてはならないのだとも思ったのだ。

レンバルトはきっと、あのひとのことを知っているから……自分の夢に出てきて、この水のことを教えてくれたことを話したら、もしかしたら彼女のもとへ行ってしまうかもしれない……いいや、きっと行ってしまう！

だって、レンバルトはいまでも言の葉姫を想っているから！

いやだ、と心底から思った。

レンバルトが行ってしまう……自分のそばから離れて、想《おも》う言《こと》の葉《は》姫のもとへ行ってしまうのはどうしてもいやだと。

そう……なぜだかはわからないが、リエンカはそのとき確信していたのだ、あの夢に現れた少女が自分の姉であり四年前に炎上した王都とともに今生《こんじょう》を終わらせた、このマヤフを代々守護し続けてきた奇跡の女性であることを！

言の葉姫は滅《ほろ》びない――死した瞬間に生まれ変わる……このマヤフの民の赤子として。

マヤフの建国以来、それは変わらぬ事実だった。マヤフに生きる者は子供ですら知っている事実だ。

……だから――。

リエンカはその時恐ろしくてならなかったのだ。

言の葉姫は生まれ変わっている――今度は自分とは無関係の四歳の子供として、マヤフのどこかに存在しているはずなのだ！

その事実をレンバルトが知ってしまったらどうなるのか。

自分の枕元で苦しげに言の葉姫を呼んだ彼が……生まれ変わり、今は四歳の幼子《おさなご》ながら前生の記憶を保ったまま、彼を案じているのだというその事実を知ってしまったら!?

行ってしまうに決まっている！

焦《こ》がれるひとのもとへ――たとえそのひとが未《いま》だ幼子であろうとも、いや我が身を護《まも》る術《すべ》も持たぬ幼子であればこそ、彼は自分を置き去りにしてそのひとをこそ護るために行ってしまうに違いないのだ！

いやだ、いや！　絶対にそんなことは認められない！

その刹那《せつな》、胸に湧き起こったどす黒い感情と誘惑とに、リエンカは恐怖しながらも逆らえなかった――黙っていれば、レンバルトは離れていかないのだと。

前生の言の葉姫との約束と、生まれ変わった彼女との関わり――彼の中にあっては優先順位は決まり切ったことだろうけれど、言の葉姫が自分の夢に干渉《かんしょう》してくるほどに明瞭《めいりょう》な記憶をすでに取り戻しているのだということさえ隠しきれば、彼は前生の彼女との約束に縛《しば》られてくれるに違いないのだから！

だから――夢のことは一切《いっさい》レンバルトに話さなかった。

そうして、そのくせ夢の中の言の葉姫の言葉に従った湯冷ましだけは彼に毎朝届け続けて
……なんという欺瞞《ぎまん》だろう。

自分でも吐き気がしそうだ。

けれど、レンバルトが離れていってしまうと思ったら、どうしても打ち明けることができな

いのだ。

「………最低……」

ぼそりとつぶやきを洩らし、リエンカは深く息をついた。

こんなことを思う自分は嫌いだ。

それでも、レンバルトのそばから離れることだけはイヤなのだ。

言の葉姫が嫌い。

言の葉姫を想うレンバルトが嫌い。

でも、なによりそんなふたりの間にさえ入れない自分が嫌い。

「最低……ほんとに……」

再度自嘲の言葉を洩《も》らした時のことだった。

「リエンカ・アーガイル嬢」

問いかけるように装った――その実確認を取るだけの問いかけの声が耳を打ったのは。

しまった！

無防備に過去の出来事に意識を晒《さら》していた自《みずか》らを、そのときリエンカは本気で呪《のろ》った。

気をつけねばならないことは、自分にもあったというのに――それを忘れていた己《おのれ》の迂《う》闊《かつ》さが歯ぎしりしたいほどに悔《く》やまれた。

※

彼らに初めて声をかけられたのは半年ほど前のことだった。

最初は通っている学園の校門のところで声をかけられた——何を考えているのか、よりにもよって登校時にだ。

『リエンカ・アーガイル嬢？』

学生とも学園関係者とも到底《とうてい》思えぬ厳しい顔つきの三十代半《なか》ばと思《おぼ》しきふたりの男に呼びかけられ、リエンカは当然のことながら訝《いぶか》りの念を覚えた。

咄嗟《とっさ》に思ったのは相手に確信を抱かせるのは危険だということだった——引き取ってくれたレンバルトには、事業の関係上複数の敵が存在していることを彼女はしっかり知っていた。と言うより、十歳の時に引き取られた際に、レンバルトが隠しもせずに教えてくれたのだ。

レンバルト・アーガイルにはそれなりの数の敵勢力がいるのだと。そうして、そうした者たちが引き取られたリエンカに手を伸ばすこともあり得ないことではないのだと。

……燃えさかる屋敷の中から命がけで自分を助けてくれた相手が実は敵の多い人物だったということにリエンカは軽い困惑《こんわく》を覚えたが、引き取られた屋敷のたたずまいや使用人の数を思うとそれも無理はないかと思えた。

父も昔は腕はいいがしがない靴《くつ》職人だったのだと聞いていたからだ。

商売っ気がなく、しかし誠実な靴作りに誇《ほこ》りをかけていた父の開いていた小さな靴店が、大きな転化を迎えたのは父母の間に第一子であるイーアンシルという娘が生まれてからだという――マヤフの絶対の守護者である『言の葉姫』の先代が没したまさにその瞬間、この世に生まれ落ちた数人の『言の葉姫』の生まれ変わりである赤子の可能性を秘めた子供のひとりが、彼ら夫婦の間にあったからだ。

そうして八年後、彼らの最初の娘が紛《まぎ》れもなく『言の葉姫』であると認められた時点で、一家を包む環境は激変したのだという……当時、生まれたばかりのリエンカにはなにがどう変化したのかは想像するしかできなかったけれど。

だが、それは難しいことではなかった。父母の昔を知る人たちは周囲には大勢いて、皆が口を揃《そろ》えて両親の幸運をリエンカに伝えたからだ。

『本当に、いい靴を作ることしか考えないやつだからなぁ……かみさんはやり繰りに苦労させられただろうよ。でもまあ、この国の守り神を娘に持つことができたんだ、苦労が報《むく》われたってことだよなあ』

そんな好意的なことを言う人もいれば、逆のことを口にする人たちもいた。

『さえない靴職人が、自分の功でもないというのにわが国の守護神を女房の腹に迎え入れたというだけのことで一流の職人扱いだ。他の候補は皆錚々《そうそう》たる家に生まれてたんだろう？　なのに靴職人の家に生まれ落ちるだなんて、言の葉姫もなんて酔狂《すいきよう》な……』

陰口《かげぐち》というものは、なぜか耳に入ってくるものだ。

リエンカも物心がつくころには、自分の家の豊かさが少なからず『姉』である言の葉姫に因《よ》っていることを悟っていた。それ以降は、さらに――。

だが、彼女が十歳のとき、王都が炎上し言の葉姫が落命したという知らせが届いて以来、そうした負の言葉が彼女の耳に入ることはなくなった。

王都がたとえ魔性《ましよう》の炎によって燃え尽きようと、守護者たる言の葉姫がそれで命を落とそうと、マヤフの国民にとってはそれは致命的な打撃とはならなかったからだ。

人々は好奇心の赴《おもむ》くままに噂《うわさ》した――次代の言の葉姫は、いったいどの家に生まれるのだろうかと。

今度こそはその身に相応《ふさわ》しい家に生まれ落ちてくれるといい――などといった言葉を、人々は何の他意もなく口にしていた。そこに、血肉を削って産み落とした娘を亡くし、憔悴《しようすい》した母への気遣いも、以前にも増して寡黙《かもく》となりただ靴を作り上げること以外に目的を見いだせなくなったかのような態度を見せる父への心配も……かけらも見受けられなかった。

世間の人々にとって、生を終えた言の葉姫はすでに過去の存在であり、惜しむものではなかったのだ――言の葉姫は死の次の刹那《せつな》に新たに生まれ落ちるものだと認識していたのだから！

リエンカに姉の記憶などかけらとてなかったけれど、その折の周囲の反応は酷《ひど》いものに思われた。

死んでも『すぐに生まれ変わるのだから』という理由で、その死すら悼《いた》まれることのない姉であったひとの『生』はなんであったのかと……明確な形をなすまでは到らないものの、ぼんやりと思ったように思う。

もっとも、一年を経たずして我が身と家族を襲った大火ゆえにそれどころではなくなってしまい、長いことすっかり『彼女』のことは忘れ去ってしまっていたのだけれど。

レンバルトに命を救われ、彼に引き取られ、両親を亡くした痛みを抱えながら新たな日々に慣れることだけで必死だったのだ。

だから。

そのままであったなら、リエンカは忘れ去ってしまったかもしれない――言の葉姫のことなどは。

だが、夜中に眠る彼女の枕元で、レンバルトは苦しげに声を洩らした。

『……言の葉姫……！』

と。

そのとき以来、リエンカにとって言の葉姫はマヤフの守護者でも、自分の姉であったひとでもない、レンバルトが今も思いを馳《は》せるひととなったのだ。

本音を言えば、もうそれだけで充分というか食傷気味《しょくしょうぎみ》だった。

生まれてからずっと、言の葉姫という存在に振り回されてきたのだ。

代々死と同時に新たに生を享けるという特異な在り方にもさしたる興味は覚えなかった。ただそういう存在なのだと静かに受け止めただけだ。

もう、充分！

本気で本音で言の葉姫との関わりは、これ以上欲しくないと思っていた。

だのに――にも関わらず！

あの日――学園の校門でリエンカの登校を待ち構えていたふたりの男は、そんな彼女の思いを踏みにじるように無邪気《むじゃき》に声をかけてきたのだ。

『リエンカ・アーガイル……先の言の葉姫の妹君でいらっしゃいますね!?』

と――。

その後の記憶は、思い出したくもないものだった。

しかし、彼らはそんなリエンカの思いを斟酌《しんしゃく》することもなく、己《おの》が都合で押しかけてくるのだ……そう、彼女の思いなどにはお構いなしに。

※

言の葉姫と呼ばれた最初のひとは、マヤフ第三代国王の継室に選ばれた貴族の女性だったと言う。

王家の縁戚《えんせき》である名門貴族に生まれた彼女は、しかし幼少時にこれといった特異な才能を発現させることはなく、だからこそ世界を魔性から護るためと称して異能を持つ幼い子供たちの発掘及び教育に意欲を見せる浮城《ふじょう》――この世界において唯一《ゆいいつ》の対魔性組織である――の目から免《まぬか》れた。

……彼女がその特異な資質を開花させたのは、まさに彼女が国王との婚礼を終えた直後のことだったのだから。

もともと詩歌を好む彼女の中には、膨大《ぼうだい》な『言の葉』が蓄《たくわ》えられていた。

言葉には力が宿る――その力を言霊《ことだま》という。

しかし、それを自在に操れる能力者は決して多くはない。言葉ひとつひとつに細心の注意を払い、選び、連ねなければ『言霊』の力は現実に認められるほどの効果を発揮《はっき》しないのだ……

少なくとも当時はそう思われていた。

ところが、婚姻《こんいん》を終えたばかりの若き継室は、王を狙う幼い刺客《しかく》が祭司の衣《ころも》の裾《すそ》から飛び出し、驚くべき跳躍力でその手に持った短剣を王の喉《のど》に突き立てようとしたまさにその瞬間、一声で止めたのだ。

『その刃《やいば》が我が君の身を傷つけること能《あた》わず！』

鋭い切っ先は、確かに王の喉を切り裂いたはずだというのに、その皮膚《ひふ》に引っ掻《か》いたほどの傷すらつけることができなかったのだ。

取り押さえられた子供の手からこぼれ落ちた短剣は、その切れ味を証明するかのように婚礼の場に敷き詰められた厚手の絨毯《じゅうたん》に突き刺さった。

後《のち》に幾度《いくど》も検分が行われたが、どうあってもその切っ先が王ののど笛を掻ききらなかったのは奇跡であるという報告しかもたらされなかった。

では、その奇跡は何故に起こったのか——。

そこで皆が新たな王妃の放った言葉に注目した。

他に説明がつかなかったのだ。

はたして王妃は『言の葉』の奇跡を披露《ひろう》した。

夫となったばかりのひとの命の危機が、彼女のなかで眠っていた特異な才能を目覚めさせたのだ。

『この水は蜜《みつ》のごとし』

彼女の言葉に応《こた》えるように、ただの清水が蜜《みつ》の甘さと滋養《じよう》を備えた。

いくつかの遊びとも実験ともつかぬ行為が繰り返されたあと、マヤフの王と家臣たちは自分たちが類《たぐ》い稀《まれ》なる『言霊使い』を得たことを確信したのだ。

だが、彼女が長くマヤフを護ることはなかった。

目覚めて間もない、しかも強大すぎる言霊の力を従えるには、彼女は弱すぎたのだ……望まれるがままに言の葉を振るい続けた王妃が倒れたのは、彼女が嫁いで八年目のことだった。

力の制御をうまくできなかったがための負担を身に受け、命を縮《ちぢ》めた女性は意識を失った後も譫言《うわごと》を繰り返した。

『まだ、だめ。まだ足りない。まだ我が君の治世は落ち着いてはおらぬのに……死ぬわけにはいかない。まだまだ足りない……わたくしが、おそばにいなければ……！』

末期の言葉は絶叫に近かった。

そうして、彼女が言い遺《のこ》した言葉通り、その後五年ほどで王家の権威は失墜《しっつい》し、地方で反乱が頻発《ひんぱつ》する事態となった。

建国してまだ百年も経たぬマヤフは、内乱に呑み込まれその歴史を終えるのか——王家に忠誠を誓う者たちでさえ、そんな諦めの思いを胸に抱き始めた頃に……。

突然、『彼女』は現れた。

粗末な……襤褸《ぼろ》と言ってもおかしくないような衣服に身を包み、見るからにやせ細った四、五歳の少女は、だが他者を圧する威厳《いげん》で以《もっ》て王に謁見《えっけん》を申し出たのだ。

幼女の迫力に気圧された門番が、直接の上司に叱責覚悟で伺《うかが》いを立てた折、ちょうど王の側近が外出のためにそばを通りがかったのは果たして単なる偶然だったのか……。

興味を惹《ひ》かれた側近がその子供が待つ門へと向かったところ、彼女は彼を呼んだ——今では国王しか口にしない特別な愛称《あいしょう》で。

驚愕《きょうがく》する彼に、子供は追い詰められたような勢いで、王の様子を問いかけてくる。その声と姿こそ、幼い子供のものでしかなかったが、語られる内容と口調は、到底四つ五つの子供のそれではなかった。

にわかには信じがたいひとつの可能性が彼の脳裏《のうり》に閃《ひらめ》いたのは、側近の中で彼が最も国王夫妻と親しくしていたからなのかもしれなかった。

まさかと思いつつ問いかけずにはいられなかった彼の掠《かす》れた声に、子供はにこりと微笑《ほほえ》み頷《うなず》いたのだ。

『ええ、そうわたくしは戻って来たの』

その後の混乱は言うまでもないが、結局子供は亡き王妃の生まれ変わりであると認められることとなった。

まず第一に彼女が生まれたのが、王妃が息を引き取ったまさにその直後であったのが根拠とされた。

子供は、落ち着いた若い女性の口調で淡々と告げたのだから。

『だって、輪廻《りんね》の輪に加わる時間はないと思ったのですもの』

と。

そして、こうも付け加えた。

『我が君はどこ？　伝えてちょうだい、あなたの言の葉の后《きさき》が戻ってきた、と――。戻って来るのにこんなにも時間がかかってしまって申し訳なかった、と』

そうして、あり得ないと騒ぎ子供を排斥《はいせき》しようとする臣下たちの前で、まさに亡き王妃にしか為し得なかった言の葉の奇跡を披露《ひろう》した。

『黙りなさい』

たった一言で、その場に居合わせたすべての家臣の喉は凍りつき、子供が許しの声を上げるまで誰ひとりとしてうめき声すら出すことがかなわなかったのだ。

それこそが、何よりの証《あかし》だった。

言の葉を操るマヤフの守護女神は、輪廻を拒《こば》んで現世《げんせ》に戻って来たのだ――自らの死と同時に誕生した赤子の肉体に宿って！

国王や側近はともかく、その折の家臣たちのどれほどの者が、この子供の正体が夭逝《ようせい》した王妃だと認識していたかはわからない。そもそも尋常《じんじょう》ではない話だ。あり得ないと笑い飛ばして当然の話ではあった。

しかし、家臣達は皆一様にその子供を歓迎した。

真偽のほどは重要ではなかったのだ。

大切なのは、その子供には確かに強大な言霊を操るだけの力が宿っており、それは間違いなく破滅に向かいつつあるマヤフを救うことになるという事実のみ。

こうして、マヤフは代々――若干《じゃっかん》の空白期間が生《しょう》じるとは言え――ほとんど絶えることのない守護者を手に入れたのである。

一度輪廻を拒んだ彼女は、二度とその輪に入り込むことが叶《かな》わなくなったのだから……。

※

リエンカは今でもはっきりと、あの校門で声をかけられた日のことを覚えている。

言の葉姫という存在自体に過敏になっていた彼女は、だが件の守護者とレンバルトの繋がりを知りたいという一心で、男たちの招待に応じたのだ。

危険だと思わなかったわけではない。

見ず知らずの——たとえ、身なりがどれほど立派であろうとだ——人間についていくなど危険に自ら身を投じるようなものだ。幼子でもない限り、断るべきだと十人中十人が判断するに違いない。

それを圧して誘いに乗ったのは、レンバルトと言の葉姫との関わりが一体どんなものであったのか、かけらなりとも知ることができればと、そう思ったからのこと。

だから——。

案内された小さいながら手入れの行き届いた立派な屋敷の応接室で、屋敷の主らしい初老の男が言の葉姫の由来《ゆらい》を話し始めたとき、軽くはない苛立ちを覚えたものだ。

確かに男の語る話の内容は、前代の言の葉姫を姉に持つリエンカでも知らないことが大半の……恐らくマヤフの機密事項に属することなのだろうとは想像できたが、関心の在処《ありか》から外れた情報に彼女が価値を見いだすことはなかった。

いかにして言の葉姫は生まれたか。

いかに長き間、言の葉姫がマヤフを護り続けてきたか。

マヤフにとっていかに言の葉姫がかけがえのない存在であるのか。

老人が語る内容は、リエンカにとって意味のないことばかりだった。だからこそ疑問を覚えた。

このひとは、前《さき》の言の葉姫の妹として生まれ落ちただけの自分に、どうしてこんな話を聞かせるのだろうかと。

先代の言の葉姫はすでに没した——七年前、王都クタハの炎上とともに。

その直後に国内で誕生した子供たちは、すでに王家に保護され、大切に育てられているはずだ……その中に必ず、次代の言の葉姫がいるはずなのだから。

王都を焼き尽くされたとはいえ、その混乱に乗じて隣国の侵攻を受け、領土はいささか削り取られたものの、マヤフの王家は健在である。当時幼かった王太子《おうたいし》と重臣たちは、マヤフの第三都市アレイアを拠点に王都復活を図っているとは、商人であるレンバルトから聞いた話だから間違いないだろう。

だからこそわからない。

なぜ、すでに意味のない先代言の葉姫にかけらほどの縁しか持たない自分を招き、こんな話を延々と聞かせるのかが……どうしても。

そんな思いが出ていたのだろう、老人は苦笑しながらリエンカに『これは内密に願いたいのだが』と前置きして、彼女の手に余る問題を口にした。

『実は、当代の言の葉姫は、まだお目覚めになっておられぬのです』

と――。

聞いた瞬間、彼女が思ったのは……聞くのではなかった、ということ。

聞いたところで自分に何ができるとも思えなかったが、できればそんな重い事実は知りたくなかったと心底思った。

言の葉姫が目覚めていない――その曖昧《あいまい》に聞こえる言葉の意味するところを、かの守護者の妹として生まれたリエンカは正確に理解できてしまったのだ。

目覚めとは覚醒《かくせい》。

それはふたつの鍵を指す。

マヤフの守護者である言の葉姫が言の葉姫であるために、欠かすことのできないふたつの鍵――要素。

ひとつは初代から絶えることなく続いてきた『言の葉姫』としての記憶。

そしてもうひとつは、その記憶に支えられ、強大な力を積み上げてきた『言霊使い』としての能力だ。

ふたつが問題なく揃ってこそ、言の葉姫はマヤフの無敵の守護者であり得るのだ。

それが……言の葉姫であるはずの子供たちの誰にも、その兆《きざ》しが見いだされないというのであれば……なるほど、それは一大事に違いない。

もっとも、リエンカにとってはそれは遠い雲の上のひとたちにとっての問題であり、なぜ自分が巻き込まれるのかは未だ皆目《かいもく》理解できないという状況ではあったのだが。

老人の双眸に期待の光が浮かぶのを目の端に捉えながら、リエンカはゆっくりとかぶりを振った。

『それは……大変なことだと思いますが……ですが、そのことでわたしになにかできることがあるとは思えないのですが……』

『とんでもない！』

リエンカの答えを即座に否定した老人は、実に嬉しそうに彼女を見つめて続けたのだ。

『あなたにしかできぬ……いえ、答えられぬ問いが遺《のこ》されているのです。あなただけが、その問いを解けると……他に考えられぬのですよ……！』

興奮も露《あらわ》に身を乗り出してくる老人の迫力に、リエンカが思わず身を退いたとしてもそれは無理からぬことであったろう。

しかし興奮した老人は、そんな彼女の様子にも頓着《とんちゃく》することなく、熱に浮かされたように解けないままの謎を口にした。

『言の葉とは何色ぞ――かの姫が遺された謎です』

老人の言葉に、リエンカはほとほと困り果てた。

いったい何の暗号なのか――言の葉とは言葉そのもので、言葉自体に色彩が宿っているなどとは聞いたこともない。

確かに色彩を表す言葉はかなりあることにはあるが……それらのどれか一つが言葉全体を表すとは到底思えない。

そしてなにより、何故自分にその問いが放たれるのかが一番わからなかった。

『なぜ、わたしなんですか？』

素朴な疑問をリエンカは老人に向けた。

『なぜ、わたしにそんなことを尋ねられるんですか？　確かに先の言の葉姫はわたしの姉として生を受けたと聞いてます……でも、彼女とわたしは七歳も歳が離れている上に、彼女は生まれて間もなく王家の施設に引き取られたと聞いています。わたしには、彼女と関わった記憶なんてひとつもありません。なのに、なんでわたしにそんなことを尋ねられるんです？』

リエンカとしては至極《しごく》もっともな疑問であったのだが、対峙《たいじ》する老人にはそうではなかったらしい。

ただ、彼女の言葉を疑う素振りは見せず、一人納得したように『なるほど、生まれ落ちて間もないために記憶が……』と呟いたのみだった。

そうして老人は某《なにがし》かの確信を抱いた瞳を彼女に向けた。

紡《つむ》がれる声には熱病を思わせる、重く禍々《まがまが》しい力が宿っていた。

『いいえ、やはりあなたです。あなたに言の葉姫は謎を解く鍵を与えられたのに違いない……七歳となり、ひととき生家に戻ることを許された彼の姫が戻って来られた折、それは晴れやかな顔で、言の葉は美しいのだな、と周囲に洩らしたのです。それらしい会話は、現世のご両親との間で交わされた様子はありませんでした。生まれて間もない妹であるあなたとの遣《や》り取りで感じ取ったものだとしか思えない』

確信を以て紡《つむ》いでいるとしか思えない老人の言葉は、しかしリエンカにとっては信じがたい、あり得ないことだった。

何を言っているのかと本気で正気を疑った。

しかし、老人は真剣だった。

真面目《まじめ》にこう言い出したのだ——。

貴女《あなた》の眠れる記憶を掘り起こすことを許してはいただけないだろうか、と。

それが、具体的にどんな行為であるのかはリエンカには知りようがない。だが、その言葉を内容を耳にした瞬間、全身を駆け抜けたぞっとするほどの恐怖と嫌悪——。

『冗談ではありません！』

叫ぶと同時に席を立った。

老人はそんなリエンカを止めなかったが、彼女を見つめ続ける瞳に浮かぶ色が

『諦めませんよ』と告げていた。

得体の知れない、気味の悪い恐怖というものを初めて体感したリエンカは、ただひたすらにそれのもたらす悪寒《おかん》から逃れることしか考えられず、逃げるようにその屋敷を飛び出した。

以来、彼らが直接声をかけてくることはなかったが、いつもどこからか視線を向けられているような気がして落ち着かなかったのはレンバルトには話していない。

こんなことになるのなら、話してしまって家人の誰かを送り迎えにつけてもらったほうがよかったろうか――後悔しても、もう遅い。

いつも人通りの絶えない大通りだから、声をかけられたところで逃げ出すことはできると高をくっていた……まさか、ぐるりを囲まれ、人垣に閉じ込められる格好《かっこう》になろうとは。

しかも、背中に当たる尖《とが》ったなにか。

背中に冷たいものが流れ落ちる――震えそうになるのを、リエンカは必死の思いで耐えた。怯《おび》えていることを悟られたら、お終《しま》いだと思った。

「……何のつもりですか」

冷ややかな声にちゃんとなっているだろうか——声は震えていないだろうか。

そんなことを考えながら問いかけると、背後で男が嗤《わら》う気配《けはい》がした。

「さすがは言の葉姫の妹君……なかなか気丈《きじょう》でいらっしゃる。その気丈さを是非《ぜひ》、我らの悲願《ひがん》のために発揮していただきたいと思っている次第ですよ」

曖昧《あいまい》な言葉だったが、リエンカはそれが先日の老人の申し出に関わることだと直感した。

気丈さを要する——とは、記憶を掘り起こす行為とは、どうやら危険を伴うものであるらしい。そんなことを他人に強要しても気にならないほど、彼らは言の葉姫を求めているというのだろうか。

迷惑な話だわ。

内心唾棄《だき》する思いでつぶやいたが、さすがに声には出せなかった。

自らを正義と信じる者は、いかなる手段も厭《いと》わぬものだ。

彼らを刺激しても良いことは何一つない。そう己を律することが可能な程度にはリエンカは落ち着いていた。心のどこかでこんなことが起こるかもしれないと気づいていたのかもしれない。

しかし、このまま連れ去られるのはどうにもありがたくない。相手は特権階級だ……前の言の葉姫の妹とはいえ、彼らにとって自分は商家の養女でしかない。マヤフの守護神を取り戻すためなら、この自分の命など容易《たやす》く使い捨てるに違いない。そこまでいかずとも、五体満足ですむとは限らない。言うことをきかせるために、手足の一、二本躊躇《ためら》いもなく折ってくれるかもしれないのだ。

そんなことは願い下げだ。

しかも――。

言の葉姫が見つかったら、レンバルトは彼女のもとへ行ってしまうかもしれない。

それだけは、どうしてもイヤだった。

言の葉姫など目覚めなければいい……目覚めさせるために、彼らが鍵を求めているというのなら、決して渡さない。

……絶対に協力なんてするものですか！

そうは思うのだが、どうすればいいのか。今日に限って知り合いが見つからない。声をかけることはできずとも、気づいてもらえば何とかなるかもしれないというのに……。

どうしたら、逃げられる？

必死に考えを巡らせていると、背後から尖ったものを強く押しつけられた。

ちくり、と背中に痛みが走る。

「何を考えているのか知りませんが、足が進んでませんよ。進んで痛い思いをしたくはないでしょう？」

お前の考えていることなどお見通しだと言わんばかりの笑いを含んだその声に、リエンカは相手の本気を悟る。

逃げるなら刺すと、男は言っているのだ！

どうしよう……どうしたら……！

動悸《どうき》が激しくなるなかで、リエンカは唇《くちびる》を嚙《か》みしめた。

「……どうして。どうして鍵とやらを持っているのがわたしだと思うの？　わたしは彼女と会ったとき、生まれてまだ間もなかったのよ。そんなわたしが彼女に関わる重大ななにかを持っているはずがないでしょう⁉　わたしなんかより、彼女に近しいひとはいくらだっているはずじゃない！」

なんとか男の気を逸《そ》らすためにと口を開いたリエンカだが、返ってきたのは意外な言葉だった。

「いませんよ」

あっさりと、背後の男は言い切った。

「え？」

「言の葉姫に近しい者は、あの大火の折ほとんどが彼女に殉《じゅん》じました。残る面々の中にも鍵となるものを持つ方はいらっしゃらなかった……となると、もうあなたしか考えられないではありませんか。言の葉姫と直接会ったことのある者の中で、可能性が残っているのはあなただけなのですよ」

ですから、なにがあろうと協力してもらいます——。

続けられた男の声は、リエンカの耳には入らなかった。

自分が、可能性を持つ唯一の人間？

「そんな……はず」

「事実ですよ。言の葉姫はマヤフの守護者——すべての言動は記録されてます。彼女が外部に出たのは、七歳の折の最初で最後の里帰りだけです」

「でも、だって、そんなはずはないわ……だって、それじゃあレンは……？　レンは言の葉姫に頼まれたからわたしを引き取ってくれたと確かに——」

そう言ったのに——呆然《ぼうぜん》とつぶやいたリエンカは、背後の男の息を呑《の》む気配にはっと我に返った。

「レン……!?」

心底訝《いぶか》るような声音《こわね》と同時に、刃を押しつける力が一瞬弱まった。

それに気づくなり、リエンカは動いていた。

力一杯斜《なな》め前を歩く男の背中に体当たりし、わずかに生じた人垣の隙間《すきま》をすり抜けたのだ！

「逃がすな！　追え！」

背後から聞こえる怒号を振り切るように走る。

早く、早く！

しかし、裾の長いスカートが足に絡《から》まって思うように前に進むことができない。

自分はもう年頃の娘なのだと――いつまでもレンバルトの『小さなリエンカ』ではないのだと、訴えるために身につけるようになった長いスカートを、今日ほど呪《のろ》ったことはない。

捕まればお終いだ。

自分は恐らくひどい目に遭《あ》わされ、そうして言の葉姫が戻ってくる。

そうしたらレンバルトはきっと彼女のもとへ行ってしまう！

可能性ではなく、すでにそれは確信だった。だから捕まるわけにはいかない。逃げ切らなければならないのに！

「待て！」

男の声が、どんどん近づいてくる。

怒気に満ちた声だ――捕まったらきっと身動きできなくされてしまう！

いやだ、それだけは絶対に――！

しかし、どんなにリエンカがそう思っても、声は近づくばかり——ついには右手を掴《つか》まれてしまった！

「いやあぁあっ！」

喉をついて出た悲鳴——しかし、次の瞬間乱暴な束縛《そくばく》は唐突に消えた。

「え……」

なにが起こったのかわからない。

目を瞠《みは》ったリエンカと追いかけてきた男との間に、いつのまにか女性がひとり入り込んでいたのだ。

リエンカからはその後ろ姿しか見えない——艶《つや》やかな黒髪を、肩に届くかどうかの長さで切り揃《そろ》えたその女性は、細身にも関わらず大振りの剣を片手で握り、男につきつけていた……鞘《さや》をつけたままで。

「嫌がる娘を追いかけるとは、良識を尊ぶ大人ではなさそうだな」

凛《りん》として響く声は、やや低いアルト——。

だが、そんなことよりなにより——。

リエンカが驚いたのは、彼女を包む不可思議な空気だった。

不可視の陽炎《かげろう》が、その女性を包みこんでいるのを、リエンカは確かに視《み》たのだ……朱金《しゅきん》に輝く眩《まばゆ》いそれを。
炎の化身《けしん》かと、そう思った。

4

男は必死だった。

マヤフ王室に忠誠を誓う彼にとって、マヤフの守護神である言《こと》の葉《は》姫の帰還は、絶対に実現せねばならぬ最重要事項であった。

七年前、強大な魔性《ましょう》の策略——あるいは考えたくはないが、単なる気まぐれ——によって、王都クタハは炎に包まれ消失した……唯一無二《ゆいいつむに》の守護者とともに。

王家に仕《つか》える者たちは、まだ若い王太子《おうたいし》を連れ出すのが精一杯だった。これまで一切《いっさい》の侵略行為からマヤフを護《まも》り続けてきた言の葉姫の力を以《もっ》てしても阻《はば》めない炎が都を炎上させたとあっては、できることなど限られていたのだ。

男はその時、直属の上司からこう聞かされた——言の葉姫の言葉として。

姫はすぐに戻られると仰《おっしゃ》った。だから、我らは何としても王太子殿下《でんか》をお守りせねばならぬのだ……と。

当時、まだ若かった彼は、それが魔性を退けた後《のち》、直《ただ》ちに彼女が合流するのだと……そういう意味なのだと認識した。

当然といえば言えた。

武術に長《た》けたとはいえ、彼はあくまでただの人間に過ぎなかった。そして、その人間にすぎぬ身でありながら、あまりにも多くの奇跡を言の葉姫によって目にしすぎていた。

言の葉姫は、別に殊更《ことさら》難しげな言葉や言い回しを用いるわけではなかった。にも拘《かか》わらず、彼女の口にした言の葉には常に強大な力が宿《やど》り、それは信じがたいまでの大きな現象を引き起こしてきたのだ。

ずっと、ずっと——彼はそれを間近に見てきた。

だからこそ、いかに強大な魔性の襲撃であれ、それを言の葉姫が退けられないはずがないと思い込んでしまったのだ。

しかし、無事に王太子を王都から落ち延びさせた後に聞こえてきたマヤフ消失の噂《うわさ》——魔性の炎に呑み込まれ消えた命は民のものばかりではないと知った時の衝撃は計り知れない。

言の葉姫が——マヤフの絶対の守護神が喪《うしな》われてしまったと思い知らされたあの時の恐怖は到底《とうてい》言葉で言い表せるものではなかった。

そうして、彼は上司の告げた言葉を強く胸に刻《きざ》んだのだ。

姫はすぐに戻られると仰った。

ならば、マヤフの守護神はすぐに生まれ変わってくるに違いないのだ、と。

言の葉姫はこの国を護るために天が遣《つか》わしたかけがえのない唯一の存在。

たとえクタハとともに命を魔性の炎で落とそうとも、彼女は必ず戻って来る。

信じて、待って——彼女が落命した日に生まれた子供を残らず捜しだし、しかるべき教育を与えて彼女の再来を待ち続け……かれこれ七年。

なのに、彼女の記憶と力を受け継いだと思われる子供はいなかった。

いや、正確には彼女の彼女たる証《あかし》である記憶と能力を目覚めさせた子供はいなかったのだ。

子供たちは現在七歳——七つまでは子供は神の子であるからたとえ言の葉姫の再来であろうともその存在を公《おおやけ》にすることはない。八歳となり、神ではなく『人間の子』となって初めて子供は言の葉姫の称号を受け継ぐ。

だが、これまで代々の言の葉姫のなかで、七つになっても記憶と能力を取り戻せなかった例はない。

じりじりと焦《あせ》りばかりが募《つの》る。

そんなときに、ある重臣が十七年前の言の葉姫との遣《や》り取りを思い出したのだ——最初で最後の里帰りから戻って来た披露目《ひろめ》を待つばかりの言の葉姫が、晴れやかな笑顔で告げた言葉のことを。

『言の葉とは、美しいものなのだな』

誰よりも言の葉に詳しいはずの彼女が、まるで初めて知ったとばかりに洩《も》らしたそれが、非常に印象的だったのだ、と。

そうして調査の結果浮かび上がったのが、先代言の葉姫の肉体上の妹――リエンカ・アーガイルだった。

言の葉姫復活の鍵を握る者がいるとすれば、彼女以外に考えられない。

そうと知れた以上、男も上層部も迷うことはなかった。彼女の身柄を確保し、何としても当時のことを聞き出すのだと。

当時、リエンカは生まれたばかりだ。常識的に考えればそんな赤子のときの記憶など持っているはずがない。だが、人間というものは実は忘れたつもりでも、その記憶が完全に消失してしまうことはない。危険さえ顧みなければ、眠りに就《つ》いた記憶を掘り返すことは可能なのである。

特に彼女が言の葉姫の肉体上の妹だ。

代々、優れた頭脳を輩出《はいしゅつ》する一族を選んだように間を置かぬ転生を繰り返してきた言の葉姫の妹であれば、常人より高い知能を有している可能性は高い。そうであれば生まれて間もないころのことであっても、眠れる記憶として『鍵』が存在していてもおかしくはない。

問題は、それを掘り起こす術《すべ》に付随《ふずい》する危険性だが……重要なのはあくまでも鍵となる情報だ。無理矢理赤子の頃まで記憶を引き戻された少女の意識が無事に戻れるかどうかなど些末事《さまつじ》にすぎないと、男は考えた。

とは言え、最初は穏便《おんびん》にリエンカ自身に協力を要請した。彼女が協力的であればあるだけ『術』の成功率が高くなると術者が告げたからだ。

だが、彼女は拒《こば》んだ。

こうなっては仕方がない。悠長《ゆうちょう》に構えてはいられない――言の葉姫を含むはずの子供たちは、あと一月《ひとつき》ほどで八歳の誕生日を迎えてしまうのだ！　王太子もマヤフの多くの民も新たな言の葉姫の登場を心待ちにしているのだ。それまでに、なんとしても彼女を取り戻さなければならなかった。

だからこそ、万全の準備を調えリエンカの確保に動いたのだ。

だというのに――これは一体どうしたことだろう!?

逃げ出されたのも不測の事態なら、追いかけ確かに腕を摑《つか》んだその瞬間、手ひどくその腕を打たれたのも予定にないことだった。街の住人たちにはあらかじめ言い含めておいたのだ――言の葉姫の帰還にリエンカの協力が必要なのだから、と。

だから自分たちの行動を街の者が邪魔する心配はなかった。念のため、街の出入りも昨日から規制をかけていた——万が一にも失敗するはずのない計画だったのだ。

だというのに、この女は何なのだ!?

呆然《ぼうぜん》と、男は自分とリエンカの間に立ち塞《ふさ》がった女を見つめた。

美しい若い女だ。

細い手足には不似合いな大振りの剣を片手で軽々と扱うあたり、相当鍛《きた》えているのだとわかる。鞘《さや》をつけたまま打たれた腕はじんじんとしびれたままだ。

無様にも自分に尻餅《しりもち》をつかせた女を睨《にら》みつけながら、彼は低く問うた。

「何のつもりだ……」

言の葉姫の帰還を邪魔《じゃま》することが、どれほどの重罪か知らぬわけでもあるまいに——。

言外に告げた言葉は、しかし相手には通じなかった。

「それはわたしの台詞《せりふ》だ。こんな明るいうちから人さらいが横行するほどユーライカの治安が悪いとは聞いた覚えがないのだが」

しかし、これは明らかな人さらいだしな。

揶揄《やゆ》しているわけでもなさそうなその言葉に、男は眉間《みけん》に青筋を立てた。

人さらい!?　崇高《すうこう》な目的の下行動する自分を人さらい扱いするとは!

「無礼な！」

思わず怒鳴りつけたものの、相手は意に介した様子もなく背後の少女を振り返り「違うのか？」と問い返す始末だ。

「我々はその少女に協力を要請しただけで……」

「はい、人さらいです」

男の声と少女のそれはほとんど同時だった。

女がちらりと視線を投げかけてくる——その時初めて男は彼女の双眸《そうぼう》が違う色彩をたたえていることに気づいた。

右の琥珀《こはく》に左の深紅《しんく》……一度目にすれば決して忘れられない印象的な組み合わせであるにも拘わらず、なぜすぐに気づけなかったのか。

その理由を、男は自《みずか》らの胸中に渦巻《うずま》く感情によって知った。

そこに浮かぶ光は、到底尋常《じんじょう》の者がたたえ得るものではなかった。苛烈《かれつ》にして清冽《せいれつ》な……それでいて直視することを耐え難《がた》く思うほどに強烈な輝き。

よく似た輝きを放つ瞳《ひとみ》を持つひとを、男はひとりだけ知っていた。

その人の瞳は薄茶だ。色彩は全然違う。

しかし、浮かぶ光はあまりにも似ており、男は知らず畏怖《いふ》したのだ——言の葉姫と同じ強さを瞳に秘めたその女の存在に。

馬鹿《ばか》な……こんなことが。そんなはずがない、こんな女が言の葉姫と同じ光を放っているなど……そんなことがあろうはずがない。

必死に自分に言い聞かせるが、男は女から目を逸《そ》らすことさえできなかった。本能が、圧倒的強者を前にしたことを悟っていた。

そんな男の様子に、女は困惑したように小さく首を傾《かし》げた後、申し訳なさそうな口調でしかし全然そうは思えない言動に出た。

「どうやら相互認識に齟齬《そご》が生じているようだな。しかし、この場合わたしは娘さんの言葉を信じることにする。すまないが……」

言いかけた女の双眸が一瞬鋭い光を放つ。

そして、次の瞬間――。

男はみぞおちに強烈な衝撃を受けた。女が力一杯、鞘をつけた剣を打ちつけたのだ！

ぐ、と声にならぬ声をあげながら、男は急速に意識が遠ざかるのを感じた。

霞《かす》む目が映すのは、リエンカの肩を抱くようにして踵《きびす》を返す不審《ふしん》で不埒《ふらち》で不敵な女の切り揃《そろ》えられた見事な黒髪だった。

「ひとまず、わたしは彼女の安全を確保することにする……事後承諾《しょうだく》ですまないが、お前はしばらくそこで眠っていてくれ。お前の連れたちが近くまで来ているようだから、すぐに見つけてくれるだろう」

ふざけるな！

怒鳴りつけたいところだったが、それはかなわなかった。

ちくしょう、ちくしょう……何なのだ、あの女は。何なのだ、あの娘は。なぜ邪魔をするのだ。なぜ協力しようとしないのか。謎の女とリエンカへの呪詛《じゅそ》にも似た罵倒《ばとう》を胸中で繰り返しながら、男は意識を手放した。

そう言えばリエンカ・アーガイルが気になることを言っていたな。

それが最後の思考の一葉。

レンバルト・アーガイル――リエンカの養父である男の名が言の葉姫に関わったという記録はない。しかし、先ほどの彼女の言葉と驚いた様子を考えると……。

調べる必要があるかもしれない。

暗い淵《ふち》に意識を沈めながら、男はそう胸に刻《きざ》んだ。

※

突然現れ、恐ろしい男たちから救ってくれたひとは、実に強烈な印象を放つとんでもない美女だった。

身を包む空気からして鮮やかで、後ろ姿を目にした時『焔の化身《ほのおのけしん》』と思ったのは勘違いではなかったのだとリエンカは彼女の顔を目にして改めて思った。

自分を追いかけて来、腕を摑んだ男を鞘つきの大剣で軽く——傍目《はため》にはそう見えた——突いただけで昏倒《こんとう》させ、「行こう」と肩を抱いたそのひとは、顔の造作も整っていたがそれ以上に纏《まと》う空気が美しいひとだった。

左右違う色彩をたたえる瞳には断固たる意志が宿っており、その横顔はこんな場合でなければずっと見つめていたいと思うほど強い輝きを放っていた。

なんて綺麗《きれい》なひとだろう。

リエンカはそう思い、次の瞬間こうも思った。

やだな、と。

やだな、このひと、レンに会わせたくないな、と。

思った瞬間、自分の狭量《きょうりょう》さに嫌気が差したけれど……仕方ないとも思ってしまった。

だって、自分はすでに言の葉姫という強力すぎる恋敵を持っているのだ。それなのにこの上、こんなに綺麗な人が現れてしまったら……もしレンバルトと会うことがあって、それでもしも万が一にでもこのひとが彼に好意を抱いてしまったなら……？

絶対に勘弁《かんべん》してほしいと思うのは、きっと自分ひとりではないと思いたい。

いやだわ、いやだわ、いやだわ。なんでどうしてこんな綺麗なひとが、恩人として現れなければならないというのだろう!?

助けてもらったことには心から感謝しているし、その思いを伝える努力は十二分にするつもりだ。

それでも、だ。

レンに……会わせたくない。

どうしてもそう思ってしまうのだ。夢の中で見た言の葉姫らしい綺麗な女性——この人は彼女と同じくらい……あるいはそれ以上に美しい。

そんなひとを意中の相手に会わせたいはずがない。

だが、状況がそれを許さない。

「急いで」

肩を抱く格好《かっこう》で隣を歩く女性の声は緊張をたたえていた。

あの男はこのひとが昏倒させたはずなのに、なぜ急ぐ必要があるのか——答えが脳裏《のうり》に浮かぶのと、相手の答えは同時だった。

……他の追っ手が？

「来る」

「わかりました」

短く応じてリエンカは足を速めた。

ちらりと隣の女性の足下を見て、小さなため息をついたのはわざとではない。女性にしては長身の部類に入る相手が履《は》いている実に動きやすそうなズボンが羨《うらや》ましくなったのだ。

よくよく見るまでもなくそのひとが身につけているのは簡素な上下に飾り気の欠片《かけら》もない頭巾《ずきん》つきの外套《がいとう》だ。にも拘わらず、このひとは間違いようがないぐらいに魅力的な女性なのだ——ちょっときつい印象はあるけれど。

美人は得だわ。

そんな場合でないことは重々承知しているが、我が身と引き比べればため息のひとつも洩らしたくなる。

かたやどれほど粗末な格好をしていてもきちんと魅力を放てる美しい女性、かたや裾の長いスカートを履き続けてもいつまでも「小さなリエンカ」から呼び名が変わらない自分。

……それとも、こんなことを恩人に対してまで思ってしまう自分の内面こそが『小さい』のだろうか。

レンバルトがいつも口癖《くちぐせ》のように言う「わたしの小さなリエンカ、早く大きくおなり」は、体ではなく精神面の成長を促すものなのだろうか。確かに危機一髪の場面を助けてくれた恩人に対して素直に感謝することもできない精神の在《あ》り方は幼《おさな》いと言うよりは未熟と評するのが相《ふさ》応《わ》しいだろうが……。

そこまで考えたところで、リエンカは自分が相手にまだ礼の言葉ひとつ口にしていないことに気づき慌てた。

なんてこと、わたしったら……！

最低だ。

足を緩めるわけにはいかなかったので――何分肩を掴む女性の力は存外強くて、スカートを履いた彼女は半《なか》ば引きずられるような格好で歩いていたのだ――弾む息をなんとか整えながら助けてもらった礼を言おうと……したのだが。

まさにその瞬間、唐突に女性が足を止めたために、それは叶わなかった。

……前につんのめりかけたのだ。

「きゃ」

思わず洩《も》れた声はしかし、実際には空気を震わせることはなかった――それより前に伸びてきた女性の手がリエンカの口を塞いだのだ。

「すまない」

幾分抑揚《よくよう》に欠ける声で謝ってくる女性の瞳には、物憂《ものう》げな光が宿っていた。

まずいな、とその唇《くちびる》が声なく呟くのが見えた。

少しだけ思案する気配を見せたそのひとは、なにかを決意するかのようにく、と唇を噛《か》みしめた後、リエンカの顔を覗きこんできた。

「近くに誰か匿《かくま》ってくれそうなひとの家はないか？」

切迫した様子に、リエンカは考えるより前に「それならわたしの家が」と答えていた——彼女と一緒に帰宅すれば、否応《いやおう》なくレンバルトに紹介することになるというのに、だ。

自分を攫《さら》うために人垣を構成していた男の数は十人はいた。昏倒させられたのはひとりだけだ……最低九人が今自分たちを追いかけている計算になる。そんな状況で、どうして自分の勝手な不安を優先させることができるだろう、しかも相手は通りすがりに純粋な好意で自分を助けてくれただけのひとだというのに！

「そうか」

ほっとした様子で頷《うなず》いたそのひとに、「すぐ近くです」と告げて案内しようとしたリエンカは、しかし次の台詞に唖然《あぜん》とした。

「すまないが、ここで別れてもいいか？　数が多すぎる……あなたが家に着くまでぐらいならわたしひとりでも攪乱《かくらん》できると思うから――」

だから、ひとりで。

告げられた内容のあまりのとんでもなさに、リエンカは言葉を失った。

なにを言っているのか、このひとは。

偶然助ける羽目《はめ》になった自分のために、自分を逃がすためだけに、最低九人はいる追っ手を足止めしようなどとは。

どこまで底抜けのお人好《ひとよ》しなのか！

呆《あき》れるより前に怒りがこみ上げてくる。

だから、リエンカは無言で――今口を開いたら、まだ礼も言えていない相手に罵詈雑言《ばりぞうごん》の嵐を見舞うに違いないという確信があった――ぐい、と彼女の左腕を掴んだ。

「どうせ、わたしの住所なんて向こうには筒抜けです。それでもこれまで家にまで乗り込まれたことはないということは、街中よりは手を出しにくいってことでしょう。だから、どうせなら家まで送っていただいたほうがわたしとしてはありがたいです。助けていただいたお礼も是非《ぜひ》したいところですし」

にっこりと微笑《ほほえ》むと、何故か相手の女性は半歩身を引きかけた――相手が恩人でなかったら、わざと足でも踏んでやるところだとリエンカは思った。

獲物を前にした肉食獣を思わせる迫力満点の笑顔だと相手に思わせたのだとは……さすがに想像がつかなかった。

ただ、このまま逃《のが》せばこのひとは間違いなく十人前後の男を相手に大立ち回りをしてのけるという確信があったので、絶対に逃すものかとひしと抱きつき、弱みを突いた。

「それに、今回みたいに強引な手に出られたのは初めてです。もしかしたら、家の近くで待ち伏せされているかも……」

その可能性は充分考えられるものだったため、演じるまでもなく声はか細くなった。

結果的に、それがだめ押しとなり、黒髪の男前でお人好しな性格の美女はため息混じりに天を仰《あお》いで……「わかった、送っていこう」と首肯《しゅこう》したのである。

5

屋敷に近づくふたつの気配《けはい》に、レンバルト――否《いな》、来焔《らいえん》は眉宇《びう》をひそめた。

……なにがあった？

なにかがあったのは間違いないが、それが一体どのようなものであるのかがわからない。気配のひとつ――リエンカが特に動揺している様子でもないことから、大したことではないと期待したいところだが、彼女の帰宅が早すぎる。

確か今日は夕方まで講義があったはずなのだ。昼前に戻ってくるのはどうにもおかしい。

朝の様子から考えて体調を崩《くず》したというわけではないだろう。もしかしたら怪我《けが》でもしたのか、それとも怪我人でも連れ帰ったのか――。

後者であってほしい、と来焔は知らず思った。

リエンカが傷つく姿など見たくはないと――それは決して彼女が自分を救う唯一《ゆいいつ》の可能性を秘めた人物だから、ではない。

思わず自嘲《じちょう》の笑みがこぼれた。

言《こと》の葉《は》姫《ひめ》の呪《のろ》いによる苦しみから逃れるために煌弥《こうや》の手を取ろうとしたのは、つい先ほどのことだ。あの時、確かに自分はリエンカではなく煌弥の……いや、白焔《はくえん》の妖主《ようしゅ》の力に縋《すが》ろうとしたのだ。

だというのに、いつの間にか当たり前のようにリエンカの身を案じてしまっている。これが情が移ったということだろうか。

以前、人間の子供を拾い育てた同胞《どうほう》の話を聞いたときには鼻で笑ったものだというのに……変われば変わったものだ。

しかし、そんな自分の変化を悪くないと感じているのもまた事実だ。

何よりリエンカの身が案じられてならない。

「リエンカ！」

養《やしな》い児《ご》である少女が玄関から入って来るより先に扉を開けた来焔――姿はレンバルトのままだ――は、驚いたように自分を見つめる薄茶の双眸《そうぼう》に心底安堵《あんど》の念を覚えた。

どこにも怪我した様子はない。急に体調を崩したということも、この様子ならないだろうと思えたからだ。

では、怪我人か病人を拾ってきたのか――これまでに何度かあったことなので、特に不審《ふしん》には思わなかった。自分のために毎朝街外れの井戸まで水を汲《く》みに行く少女は大変なお人好《ひとよ》しで、困っている者や弱っている者を見て見ぬふりができないのだ。

かつてその性分のせいで、身元もわからぬ者を屋敷に引き入れてくれて大変な騒ぎが起こりかけたのだが、そのことを彼女は未《いま》だに知らぬままだ。弱った風《ふう》を装い屋敷に入り込んだ物盗りを撃退することなど来焔には容易《たやす》いことだからだ。

さて、今回もそうした困った輩《やから》を拾ってきたのでなければいいのだが……。

内心の思いは綺麗《きれい》に隠し、来焔はリエンカに「ずいぶん早いがどうしたんだ?」と怪訝《けげん》そうに声をかけた。なにかあったのか、と目線だけで問うのを忘れない――我ながら、ずいぶんと人間臭《くさ》さが身についたものだと思う。

人間に交《まじ》わって暮らしていく以上、こうした技は必要不可欠ではあるが。

来焔はこの時、リエンカがいつものように「心配性なんだから」と呆《あき》れたように答えるものだと信じて疑わなかった。こちらが心配する素振りを見せる度《たび》に、彼女はいつも「心配しすぎよ、変なレン」と繰り返していたのだから。

だから、今日もそうなのだと思っていたのだ。

しかし――。

どうしたのだと問いかけられた瞬間、リエンカの薄茶の瞳《ひとみ》に、さっと緊張の色が走ったのを来焔は見逃さなかった。

「……なにがあった？」

低い声で問うと、淡い金髪の少女は落ち着かなげに視線を宙《ちゅう》にさまよわせた後、「中で話すから」とぽそりと答えた。

それから彼女は背後を振り返り、来焔が感知したもうひとつの気配の主であろう相手に声をかけた。

「ここです、どうかお茶でも飲んで行ってください！」

答える声は、女性としてはやや低いアルト、口調はずいぶん硬いものだった。

「いや、無事に帰宅できたのなら、わたしはこれで——」

失礼する、と続けようとしたのだろう相手の声を遮《さえぎ》ったのはリエンカの悲鳴にも似たそれだった。

「とんでもない！　攫《さら》われそうになっていたところを助けていただいたのに、お礼もさせていただけないなんて、そんなのあんまりです！　どうか寄っていってください——」

必死に引き留めようとするリエンカの言葉にぎょっとした来焔だった。

今、リエンカは何と言ったのか。

攫われそうになった？

「リエンカ！　攫われそうになったとはどういうことだ!?　いったいなにが――!?」

演技ではなく声が震えた。

ところが、当事者であり、本来なら最も動揺していておかしくない少女は、ため息混じりに「それも中で説明するから」と返してきただけで、『恩人』を引き留めるために再度背後を振り返った。

その動きにつられた格好《かっこう》で、リエンカを人攫いから救ってくれたという『恩人』の姿を目にした彼は――驚愕《きょうがく》に凍《こお》りついた。

立っていたのは女性にしては長身の、すっきりとした細身の人物。

肩に届くかどうかという長さで切り揃《そろ》えられた黒髪は艶《つや》やかだ。ゆったりとした外套《がいとう》ごしにも、腰のあたりに大剣と思《おぼ》しき剣のラインが窺《うかが》える。

女剣士――に見える。

いや、実際彼女が自在に剣を扱うだろうことを来焔は疑わなかった。

なぜなら、きつい印象を放ちながら、それでもなお衆目《しゅうもく》を集めずにいられぬ美貌の主の正体を彼は先ほど聞いたばかりだったのだ。

右の琥珀《こはく》、左の深紅《しんく》――いかなる宝石も敵《かな》わぬ至上の輝きを放つ瞳の持ち主は、至高の魔王のひとりの娘として生まれ、長じて後深紅の魔王を魅了し捕らえた人物でしかあり得ないのだから！

人間の目にはただ珍《めずら》しいだけの色違いの瞳にしか見えないだろう二粒の宝玉は、魔性《ましよう》である来焔には、そこに宿る力のほどがはっきりと見て取れる。殊《こと》に、左の深紅の瞳――それは紛れもなく深紅の魔王……柘榴《ざくろ》の妖主自《ようしゆみずか》らのそれである。

なんてことだ――。

思わず額《ひたい》に手を当て、来焔は深い息を洩らした。

柘榴の君――あなたの手配りは遅きに失したようです……。

心の声は届かなかったのか、答える思念《こえ》は、なかった。

※

リエンカから事情を聞いた来焔は頭を抱えたくなった。

言の葉姫復活を願う人間がいることに驚きはない。そうした人間たちが未《いま》だに復活の兆《きざ》しが見えないことに苛立《いらだ》ちと焦《あせ》りを覚えているであろうことも予想はしていた。

だが、あくまで魔性である自分と瞬《また》く間に生まれて死んでいく存在である人間との間には、時間というものに対する認識に彼我《ひが》の差があるのだと、わかったつもりで実はわかっていなかったのだ。

言の葉姫の七年の不在。

たかが七年――悠久《ゆうきゅう》の時を生きる来焔にとっては刹那《せつな》にしか感じられないその時間に焦りを抱く者がいるなど、彼には想像の外であったのだ。

しかし、現実は確実に動き始めている。

馬鹿《ばか》なことだと思う。

言の葉姫としての披露目《ひろめ》を受ける直前、たった一度だけ許された生家《せいか》への里帰り――そこにいたのは彼女の魂《たましい》の容《い》れ物となる子供を生んだ両親と、その間に新たに生まれ落ちて間もない赤子であったリエンカだった。

言の葉姫が王宮の外に出、外部の者と接触したのはその時一度きり。

だから、彼女がいつまでも『復活しない』鍵を握るのは肉体上の妹であるリエンカが握っているに違いない――とは。

笑えるほどに稚拙《ちせつ》な推測だ。

現実には言の葉姫は彼女を滅《ほろ》ぼした魔性である自分に取り憑《つ》いているというのに。

リエンカは関係ない。確かに言の葉姫は妹である彼女に多大な執着を示し、自分に彼女を守るように仕向けてはいるが、それはマヤフ中枢《ちゅうすう》が考えているような理由あってのこととは思えない。

では何故かと問われれば、来焔にもその答えは見えないのだが。

憑依《ひょうい》し、自分にどこまでも干渉《かんしょう》してくる言霊《ことだま》使いの妖女《ようじょ》は、しかし自《みずか》らの手の内を決してこちらには晒《さら》そうとしない。どこまでも傲慢《ごうまん》な女なのだ。

たかが人間の死霊に振り回されている現実は腹立たしいばかりだが、彼女が勝手に流しこんでくる記憶が人間を装う上で役に立っていることも事実だ——たとえそれが上流階級に属する者たちに限った情報だとしても、だ。

そう……言の葉姫のもたらすそれがあるからこそ、来焔はいま、はっきりと確信できることがあるのだから。

言の葉姫復活を願う者たちは、決してリエンカを諦めないであろうことを、だ。

下級魔性の脅威《きょうい》など、易々《やすやす》と退ける対魔の力を持つ能力者など、言の葉姫を除けば世界唯一の対魔組織である『浮城《ふじょう》』でしか見つからない。

浮城は世界中のいかなる国家からも束縛を受けないとされる独立組織である。

依頼を受ければどのような場所へでも人員を派遣し、魔性の脅威《きょうい》を排除する唯一無二の組織にして人材の宝庫だ。

しかし、その代価は決して安くはない。

場合によっては小国の国庫が傾くぐらいの代価が求められることもあるという。

しかも彼らの能力は魔性撃退に限定されたものだ。

対して言の葉姫の能力といえば。

言霊の力を揮《ふる》う彼女の能力は規模こそ限定されるが万能と言って良い。

『過ぎたる水がマヤフの民を苦しめることがないよう……またマヤフの民が足らぬ水に渇きに苦しむことがないよう』

そう唱えるだけで、マヤフは洪水と渇水の被害を免《まぬか》れる。

『陽の恵みと水の恵みをマヤフの地に――』

言の葉姫が存在する時代、マヤフは一度として凶作に見舞われたことはない。

『王の下、マヤフが豊かであるように』

言の葉姫が出現して以来、マヤフには一度として内乱は起こらなかった。

すべては彼女の言霊の力ゆえだ。もちろんそれが全《すべ》てではなかったろう。いかに強大な言霊の力を誇ったとしても、しょせんはたったひとりの力だ。その言葉を保証する王や重臣たちの努力や手配がなければ、『言の葉姫』の神話は早々に綻《ほころ》びを見せただろう。

しかし代々の王と重臣たちの努力、さらには膨《ふく》れあがる言の葉姫への絶対の信頼が、結果として彼女の全能の力を支えることとなったのだ。

だが人間は忘却《ぼうきゃく》の存在でもある。

代を重ね、安寧《あんねい》の時代が当たり前であると感じるようになった者たちが次第に増えたとき、言の葉姫の存在もまた変質させられた。

紛《まぎ》れもない奇跡の具現だと。

彼女さえいれば、マヤフは安泰《あんたい》なのだと。

そうして彼女は絶えず生まれ変わり、永遠にマヤフを守るのだ、と——。

それが大いなる怠惰《たいだ》の果てに生まれた誤解であることを来焔は知っている。

言の葉姫は、魔性にすら妖女と呼ばれる存在であるが、その心の有り様はどこまでも人間のそれに外ならない。

愛する王のために全身全霊の力を尽くす女であると同時に、信じた者の裏切りに血の涙を流し怨嗟《えんさ》の声を上げる女でもあるのだ。

七年前——王都クタハが炎上したあの日、王家に忠誠を誓う者たちの誰かひとりでも、我が身を擲《なげう》ち彼女を救おうとしたならば、言の葉姫は迷わず新たな生を選んだに違いない。

しかし現実は違った。

安寧と変わらぬ彼女の加護に狎《な》れ切った者たちは、『どうせすぐに生まれ変わってくるのだから』と、安易《あんい》に彼女の死を看過《かんか》した。

それまでの長い時、記憶の浄化という安寧を捨ててまでマヤフのために尽くしてきた彼女の心を裏切る行為を、彼らはあっさりと選び取ったのだ。

言の葉姫はもう還《かえ》らない。

その事実と理由を知るのが、他でもなく彼女を滅ぼした自分であるというのは何とも皮肉なことだと来焔はひっそりと思った。

しかし、今重要なのはそのことではない。

言の葉姫を取り戻すために動き始めた組織があるということだ。

あろうことか、その人間たちはリエンカを付け狙いだした——彼女がその復活の『鍵』を握っているという誤った推測の下で！

なんということなのだ。

しかもリエンカから聞いた事情から考えて、相手は手段を選ぶつもりはないらしい。

赤子に過ぎなかったリエンカから情報を引き出す手段として考えられるのは退行睡眠しか考えられない。時を遡《さかのぼ》らせ過去の記憶を鮮明に引き出すには有効な手段だが、術者には相当な力量が求められると同時に、被施術者との間に信頼関係があるか否かが成否を分ける鍵となる手《も》段《の》であることも今の来焔は知っている。

術者の腕前がどれほどかは知らないが、雇用主は目的さえ果たされればリエンカのその後のことなど頓着《とんちゃく》しないに違いない者たち——しかも強引に拉致《らち》して協力させようとしたと聞いては、到底《とうてい》術後の彼女の安全など考えているとは思えない。

なんということだ。

ふつふつと静かな怒りが胸の内側に湧き上がってくる。

それは来焰の感情であり、同時に憑依した言の葉姫のものでもあった。

ふたりの同じ感情が、ぴたりと重なる。

そうして新たに浮かんだ思いは——。

放って置くわけにはいかない。

ただそれだけだった。

※

「お願いがあります」

その夜——黒髪の女性を訪ねた来焰は開口一番にそう言って頭を下げた。

「お前……」

突然宙から出現した彼を見て、彼女はさすがに驚いたらしく左右色の違う瞳を大きく瞠《みは》った。

しかし、すぐにふう、と息をつくと呆《あき》れたように問いかけてくる。

「擬態を解いた姿で会いに来るとは、命知らずなやつだな」

わたしの前身を知らないのか？

さらりと告げられた言葉に、来焔は思わず苦笑した。知らぬはずがない……王蜜《おうみつ》の妖主の娘がかつて浮城一の破妖《はよう》剣士であったことは煌弥から聞かされていた。魔月《まげつ》を滅ぼし、白焔《はくえん》の妖主の心臓のひとつを潰《つぶ》した実力の持ち主だとも。

しかもその際用いられた破妖刀は、彼女が浮城を離れた今でもその傍《かたわ》らにあるのだと。

そんな相手に自分の正体を晒すのは自殺行為だ。しかし、来焔はそうしなければ彼女の協力を仰《あお》ぐことはできないと判断したのだ。

「存じております。だからこそ、真実の姿でお願いに参じたのです。わたしの赤心《せきしん》と覚悟を信じていただくために――」

ふわりと床に着地すると、彼は女の正面に膝《ひざ》をつき、恭《うやうや》しく頭《こうべ》を垂れた。

「どうか力をお貸しいただきたい。輝かしき王蜜のご息女よ――」

仰々《ぎょうぎょう》しい来焔の態度に女が不快げに呟《つぶや》きを洩らす。

「別に輝かしくも『ご息女』というガラでもないがな」

ため息をつく様子から、彼女が本当にそう思っていることが伝わって来、彼は内心苦笑した。

これほどの輝きと力を纏《まと》いながら自覚が皆無《かいむ》とは、周囲の苦労が偲《しの》ばれる。

「まあ、覚悟のほどはわかったから、話だけは聞こうか……その前に、悪いが擬態してくれないか？　お前の気配にうちの食欲魔神が騒いでいる。暴れられると厄介《やっかい》なんだ……お前も紅蓮《ぐれん》姫《き》に命を根こそぎ馳走《ちそう》してやるつもりはないのだろう？」

貪欲な破妖刀の名に来焔の唇《くちびる》がひくりと引きつった。

確かにそれはご免被《めんこうむ》りたい事態だ。

「では、失礼をして——」

素早く人間——レンバルトの姿を取ると、元破妖剣士の女性は安堵したように息をついた。

……破妖刀の暴れようはかなり激しかったのかもしれない。

しかし、その気配を来焔が感じることはない。とてつもない力で、隠されているに違いない

——術を施したのは恐らく柘榴の妖主だろう。

ちらりと脳裏《のうり》にかの魔王の顔を思い浮かべ、来焔は胸中で小さく詫《わ》びた。

目の前の女性を巻き込めば、かの王の不興《ふきょう》を買うのは目に見えている。実際、こうした事態を懸念《けねん》して、彼はわざわざ煌弥と自分に釘を刺したのだろうから。

申し訳ありません、柘榴の君。しかし、事情が変わったのです――。

煌弥はまた来ると言っていったん姿を消した。問題が彼女の申し出だけであったなら、魔王の言葉に逆らうことはなかっただろう。確かに一度心は揺れたが、リエンカを狙う人間の存在を耳にした瞬間、そんな迷いは消し飛んだ。

そばにいなければ、リエンカを守ることはできない。そして、力のほとんどを喪《うしな》ったも同然の今、そのための手段を選んではいられないのだ。

「リエンカを守っていただきたいのです」

ずばりと言うと、彼女はやはりと言いたげな顔で先を促した。

「それで？　お前がこれまで守ってきたのだろう？　今度も守ってやればいい。わたしに頼む理由がわからないな。わたしが見たところ、相手は人間ばかり……はっきり言ってそういう方面には、わたしは向いていないんだ……」

魔性相手なら多少の戦力にはなれると思うんだが――。

妖主を滅ぼした者の言うことではない。心底呆れたがそこには触れないでおくことにする。実際、多少どころではない彼女の実力を遺憾《いかん》なく発揮されては後々恐ろしいことになりかねない――いかに手段を選ばぬと決めたとはいえ、紅《くれない》の魔王の報復を進んで受けたいわけではないのだ。

「ですから、そちらをお願いしたいのですよ。人間たちのほうの問題を片付ける間、リエンカのそばについていていただきたい。そちらが済み次第わたしが戻りますから……」

片付ける、とオウム返しに呟いて、黒髪の美女はきらりと瞳を輝かせた。

「まさか処分するとか言うつもりではないだろうな？　だとしたらわたしは協力しかねる……というより全力で阻止させてもらうことになるが？」

さすがにそれはあるまいと思っている様子だが、気がかりには違いないのだろう。

「いたしませんよ、そんなことは。リエンカが知れば泣くに違いないことはしないと決めているのです。平和に話し合いで解決する予定です」

白々《しらじら》しく聞こえるのを承知でそう答えると、彼女は尚疑わしげな目を向けてきた。

「どの程度を以て平和的と主張するつもりなのかが甚《はなは》だしく疑問だが……まあ、いい。聞いたところで答えてはくれなさそうだ。いいだろう、リエンカ嬢の護衛をすればいいのだな？　それは彼女に明かしてもいいのか、隠すとなるとわたしひとりでは荷が重いから、ひとりそういうのが得意なやつにも協力してもらうことになるが……どうした？」

そ、そ、そういうのが得意なやつ――というのが一体誰を指しているのか、来焔はわかりたくないのにわかってしまった。

背筋に冷たいものが流れ落ちる。

しかし、今更退くことはできない。

「いえ……それで結構です。彼女にはわたしの不在の理由を知られないようにお願いします。彼女は時々妙に鋭いので……」

そう言うと、彼女は少しだけ困った顔になった。

「そう言うのもわたしは得意ではないのだが……まあ、あいつが何とかするだろう。わかった、他に気をつけることはあるか？」

あいつ呼ばわりされている魔王の顔を思い浮かべながら、来焔は「いえ」と短く答えた。

今回の件が無事に片付いたとして、果たして自分は新たな脅威を抱え込むことになるのではないのか――不吉な予感を覚えながら、彼は内心嘆息した。

6

「え？」

翌朝のこと、リエンカはレンバルトの意外な言葉に軽く目を瞠《みは》った。

「だからね、わたしの小さなリエンカ。今日はあの方たちにユーライカを案内してほしいんだよ。昨日のことを考えると出掛けるのはどうかとは思うが、聞けばあの方たちは各国の要人警護を何度も請《う》け負ったことのある武人でらっしゃるらしい。昨夜、そのことを知ってね、君の警護をお願いしたところ、街にいる間ならという条件で引き受けてくださったんだ。その謝礼というのが一日ユーライカを案内してほしいというものでね」

にこにこ、にこにこ――レンバルトは晴れやかに笑いながら告げてきた。

思いがけない話に、リエンカの頭はついていけない。

あの方たち？　この口ぶりでは自分も知っている相手だろうとは思う。思うのだが、当てはまる対象が浮かばない。

「あの、レン……あの方たち、って……？」

本気で不思議に思って尋《たず》ねると、今度はレンバルトが驚いたように目を瞠った。

「何を言ってるんだ、リエンカ。あの方たちといえば……ああ、そうか。君はあの方に連れがいらっしゃるのを知らなかったんだね。昨日、君を助けてくれたあの女性とお連れの方のことだよ」

知らない——知らなかった。

だって、昨日彼女はずっとひとりだった。連れがいるだなんて話も……いや、もしかしたら話していたかもしれないけれど、自分はずっとレンバルトの彼女に向ける顔が気になって気になって真面目《まじめ》に聞いていなかった。

けれど問題は、なぜレンバルトがそのことを知っているのかということだ。彼は特にあの女性と親しく会話していたわけではない。なのに何故、彼女のことをこうもよく知っているのか……調べたのだとしたら、その理由は何なのか。

それに、昨夜……？　昨日の夜に彼は彼女に会いにいったのだろうか？　そうしてその連れと会ったというのか。そうして自分のことを頼んだと……？

ぐるぐるぐるぐると頭の中で疑問符と不安が舞い踊る。

「レン……」

「可愛《かわい》い小さなわたしのリエンカ。どうかお願いだ、あの方たちと今日は一緒にいてくれないか？　この屋敷には腕の立つ者がいない……万が一、昨日の連中が屋敷に押しかけてきたらと思うと不安で出掛ける気になれないんだ」

懇願《こんがん》するいつまでも年若い養父の気遣《きづか》いに、リエンカの心は痛みを覚えた。

いつまでも、どこまでも自分は『小さなリエンカ』でしかないのか。けれどそれはすでに慣れたものだ。

「出掛けるの、今日？　お仕事？」

彼女の問いに、レンバルトは気が進まない様子で頷《うなず》いた。

「ああ、ようやく取りつけた約束でね。せめて延期できればよかったんだが……」

答える声には苦悩が溢《あふ》れており、リエンカは反射的にかぶりをふることしかできなかった。

「とんでもないわ！　わたしのためにお仕事を放り出しては駄目に決まってるじゃない！　大丈夫よ、昨日の今日だし連日で襲ってきたりはしないと思うし……それに、あのひとはわたしも信頼のおけるひとだと思う。レンもそう思ったから、わたしのことを頼んでくれたのでしょう？」

その問いかけに、レンバルトは「勿論《もちろん》だとも」と頷いた。

「じゃあ、きっと何かあっても大丈夫よ。まあ、何事もなくユーライカ観光を楽しんでもらうことになると思うけど……わたし、恩返しも兼ねて精一杯この街のいいところをあのひとに見てもらうわ」

にっこり微笑《ほほえ》んでそう言うと、レンバルトは明らかに安堵した様子で頷いた。

「よろしく頼むよ、可愛いリエンカ」

その顔を見ながら、リエンカは内心のごちゃごちゃしたものを相手に気取らせずにすんだことを知りほっと安堵の息を洩らした。

違う、違うのレン。わたしは可愛くなんかない。今だってあの綺麗なひととあなたがどんな話をしたのか気になって仕方がないの。折を見てさりげなくあの人から聞きだそうなんて、そんなことを考えてるのよ。

だが、こんな思いを抱えていることを、彼には知られたくない。きっと幻滅《げんめつ》してあきれ果てられてしまうから。

それだけはどうしても耐えられそうにない。

だからリエンカは笑顔の仮面を貼りつけるのだ――。

※

リエンカの身柄の安全はこれで保証された――少なくとも、彼らがユーライカにいる間は煌《こう》弥《や》の再訪はないであろうし、そうであれば問題を一気に片付ければ事は済む。

恩人である黒髪の美女のその連れであるとんでもない美貌の青年――呆《あき》れたことに深紅《しんく》の魔王は顔立ちその他をほとんど変えることなく人間の気配《けはい》を纏《まと》うだけという手抜きの擬態で現れたのだ――を案内するためにリエンカが家を出てそろそろ半時が経つ頃、来焔《らいえん》はレンバルトの姿のまま、目的地に向かうために家を出た。

空間を飛翔すれば移動など容易《たやす》いが、万が一にも自分の正体を知られる危険は冒《おか》せない。この先もリエンカが人間の娘としての幸福を手に入れるまで、そばで護《まも》りつづけるためには、人間としての身分は手放せないのだ。

自分が焼き殺した人間たちの苦悶《くもん》と悲鳴を聞かされ続けてきたこの七年間というもの、どうにか正気を保てたのは偏《ひとえ》にリエンカの存在があったからだと今ではわかる。

彼女が見せるいじらしいまでの気遣いと優しさは、いっそ殺せと叫びたくなるほどの苦痛と苛立《いらだ》ちをいつも宥《なだ》めてくれたものだ。

いつの間にか彼女の優しさに心は癒《いや》されていた――悲鳴は消せずとも、嘆きと怨嗟《えんさ》の声はやまずとも、彼女の存在は常に自分の心を救い上げて慰撫《いぶ》し続けてきたのだ。

言《こと》の葉姫《はひめ》の言葉が脳裏《のうり》に甦《よみがえ》る。

『お前がいつか、救いを求める気になったら、わたしの妹を護《まも》ってみるといい。最早《もはや》わたしにもこの［呪《しゅ》］を解くことはかなわぬが……あの子なら、できるかもしれない』

リエンカにそんな特別な力はない。

しかし彼女は自分が予想し期待したものとは全《まった》く別の方法で、言の葉姫の［呪］を解きつつあるのかもしれない。

あるいは解ききることはないのかもしれないが……それはそれでいいような気もしないでもない。

恐らく今自分が味わっているものこそが、人間が罪と呼び罰と称するものであろうと想像できるからだ。

だが、そう思えるのはリエンカの存在がそばにあってこそだ。彼女を失うことは考えられないし許すつもりもない。

それはほんの昨日まで、いくら呼びかけても答えようとしなかった死した少女にしても同じことのはず——。

そう確信できるほどに、来焔の意識は言の葉姫をはじめとする彼の内部に棲《す》みついた人間の意識に近しくなっていた。

「さあ、幕引きだ」

指定した待ち合わせの場所である郊外の丘には、すでに複数の人影があった。

——どこかで見たような顔ばかり…。

内なる死霊の冷ややかな声に「そうか」と答えて彼は足を進めた。

※

新生マヤフを担《にな》うと自負する男たちは、期待で胸がはち切れんばかりの心境だった。

なぜなら、ついに悲願がかなう日が来たからだ——少なくとも彼らはそうだと心から信じていた。

ユーライカ郊外の小高い丘……そこに彼らは集められた。夢枕《ゆめまくら》に現れた美しい銀髪の少女によって。

彼女は——伝えられる前の言の葉姫そのものの姿を持つ少女は、今日のこの時刻に、この場所に来るよう夢のなかで傲慢《ごうまん》なまでの誇り高い口調で告げたのだ。

となれば、考えられるのは彼女の復活としか考えられない。

いよいよ言の葉姫が復活なさるのだ。そして自分は栄《は》えあるその証人に選ばれたのだ！

胸躍らせながら指定された丘に向かった彼らは一様に驚いた——そこには見知った同胞《どうほう》のほ

とんどの顔があったからだ。

自分だけが選ばれたのではなかったのだという事実は彼らに多少の落胆を与えたが、皆が同じ内容の夢を見たという事実に期待は高まった。

沈黙の七年を経《へ》て、彼女はついに復活するのだ。そしてそれはマヤフの栄光を約束する福音《ふくいん》だ。言の葉姫の祝福を受け、王太子《おうたいし》は戴冠《たいかん》し新たな王都を中心にマヤフは再び繁栄の道を辿るのだ。

そう信じて疑わなかった男たちは、だから丘に徒歩で近づいてくる人影を目にした瞬間訝《いぶか》りに首をかしげた。

それは、彼らが予想したものでも期待したものでもなかったからだ。

彼らは、現れるのは七歳の少女だと思い込んでいた。前の言の葉姫が没して七年——これまでの例を考えれば、彼女の魂《たましい》を宿した器はもうすぐ八歳になる少女のものでなければいけない。彼女が死したその日に生まれた国内の子供は全て保護したはずだったが、信じられぬ手抜かりがあり、本物の言の葉姫は在野のままに育っているのではないのか……その可能性は限りなく低いとされながらも、誰しもが「あるいは」と心に抱きつづけてきた懸念だった。

そして昨夜の夢によって、彼ら全員が「やはりそうだったのか」と思ったのだ。七年前に保護し損ねた言の葉姫……では、此度《こたび》こそ間違いなく取り返さなければ！

復活のために必要な鍵の存在――リエンカのことなど、昨夜の夢を見た男たちの脳裏《のうり》からは消し飛んでいた。

早く、早く――一刻も早く、新たなマヤフの守護女神の姿を目にしたい。

その一心で周囲を見渡していた一同は、期待外れもいいところの新たな人影に落胆と苛立《いらだ》ち、八つ当たりを孕《はら》んだ怒りを覚えたのだ。

「なんだ、お前は」

「なんの用があるのか知らぬが、ここはお前が来るところではない」

「さっさと立ち去れ」

言の葉姫ではあり得ない、二十代半《なか》ばから後半に見える青年を邪険《じゃけん》に追い払おうとした。

しかし青年は彼らの言葉など耳に入らぬ様子で歩を進めるばかり――。

「邪魔だと言っているのがわからないか！」

「貴様などのせいで、尊《とうと》いお方が姿を現さなかったら何とする！　かの方にはマヤフの未来がかかっているのだ、さっさと失せよ！」

「ええい、聞こえないのか、失せよといっておる！」

悪《あ》し様に青年を罵《ののし》る男たちの前まで来ると、薄茶の髪に琥珀《こはく》の双眸《そうぼう》を持つ青年は、やれやれと呆れたように肩を竦《すく》め……そうして。

にぃ、とその口元に笑みを刻《きざ》んだ。

その、刹那《せつな》！

青年の纏《まと》う空気が一変した。

いや、気配だけではない、その薄茶の髪も琥珀の瞳も、一瞬にして漆黒《しっこく》の闇《やみ》に染め上げられたのである！

皆が皆、恐怖に縛られ息さえできなくなった。

そこにいるのがナニなのか、本能的に悟ったのだ。

闇色の色彩を纏う上級魔性《ましょう》――浮城《ふじょう》の腕利きですら対処には苦労させられるという、世界に五十人ほどしか存在しない妖貴《ようき》の出現に、彼らの心臓は凍りついた。

しかし、彼らの驚きと恐怖と絶望はこれだけでは収まらなかった。

皮肉げに口元を歪《ゆが》めた妖貴の青年の唇《くちびる》から洩れ出た声を聞いた瞬間――。

彼らは声にならぬ悲鳴を上げた。

「皆の者、ご苦労」

尊大に言い放つその声は、紛れもない少女のものであり、そうして彼ら全員が昨夜夢で聞いたものだったのだ。

信じられぬ思いに目を瞠《みは》る男たちを前に、妖貴来焔《らいえん》――否《いな》、その身に宿る言の葉姫は艶然《えんぜん》と微笑んだ。

※

マヤフの中枢を担う男たちはただ呆然《ぼうぜん》と思いもかけぬ再来を果たした言の葉姫を見つめていた。

こんなことが現実だとは到底思えない。

否、思いたくもない。マヤフの守護女神である彼女が、何故にマヤフはおろか人類にとって脅威《きょうい》でしかない魔性の青年とともにあるというのか！

これが自分たちの望む女神であるはずがない。

そう、これは奸悪《かんあく》なる魔性が仕掛けた罠《わな》なのだ！

人間は時に目にしたくないものから容易《たやす》く目を逸《そ》らす生き物だ。信じたくない現実は、都合良くねじ曲げる。

「おのれ、魔性が……我らが言の葉姫を騙《かた》るとは、なんと悪辣《あくらつ》な！」

恐怖と絶望を怒りにすり替えた男の声に、呆然としていた者たちが次々に同調する。

これは言の葉姫ではない——言の葉姫であるはずがない！

しかし次に紡《つむ》がれた一言で、彼らの虚勢は剝《は》がれ落ちた。

「どの顔にも見覚えがある……だが、少しばかり若すぎるか。さては奴《やつ》らの弟か息子たちかな……七年前のあの夜、『どうせすぐに生まれ変わるのだから』と言って、わたしを置き去りに王都を捨てた男たち……お前たちもあの夜ともに落ちのびたのだろう？」

なにを戯言《ざれごと》を、とは誰も口に出せなかった。

言の葉姫は言霊を自在に操る奇跡の能力者――彼女の紡《つむ》ぐ言の葉は、常ならぬ力を帯びて人の耳を打つ。

この時、彼女の告げた言葉が耳に届いた瞬間、男たちの脳裏には七年前の王都クタハにおける現実の光景が映し出されたのだ。

魔性の放った炎に包まれる街――炎は王宮にも迫り、重臣たちはまだ幼《おさな》さの残る王太子ひとりを連れてクタハから逃げ出したのである。

悲鳴と絶叫に溢《あふ》れた王都を逃げ出すために、そのための時間を捻出《ねんしゅつ》するために、彼らは言の葉姫を敢《あ》えて見捨てた。

『大丈夫だ、言の葉姫は死してもすぐに甦《よみがえ》られる。かけがえのない王子のためだ、喜んで命を捨ててくださるに違いない！』

そう叫ぶ重臣に、誰もがそうだと賛同した。

ならば次代を担う子弟と、彼らを導くに最低限の人材だけを落ちのびさせればよかっただろうに、彼らは誰ひとりとして王都に殉《じゅん》じようとはしなかった。

「別にそのことを責めるつもりはない。誰しも自分の命は惜《お》しい。盾《たて》となり得る他人がいるのなら、それを用いて我が身を救うのは無理からぬことだ……崇高《すうこう》とは言い難《がた》いがな」

妖貴の口を借りた言の葉姫の口調は淡々としており、真実責める響《ひび》きは感じられなかった。

しかし、だからこそ真実を知らされた者たちはいたたまれないのだ。

そうして彼女はこう続けた。

「だが、自《みずか》ら使い捨てた駒《こま》に、さらなる献身を求めるほどの厚顔さをお前たちが持つとなれば話は別だ。はっきりと言っておこう。言の葉姫として全身全霊の力を込めて、揺るがぬ言霊《ことだま》をお前たちに贈ろう——言の葉姫は喪われたのだ」

言霊の力を込めたその言葉に、皆絶望に打ち震えた。

他でもない言の葉姫自身が宣言したのだ。その内容が覆《くつがえ》されることはない。

声にならぬ悲鳴を上げて地に崩れ落ちる男たちを冷ややかに見つめながら、青年の姿をした言の葉姫は哀れむように告げた。

「考えてもみるがいい。言の葉姫はあらゆる生の記憶を抱えたまま次の生に移り変わる……人間が輪廻《りんね》に際して受ける記憶の浄化という祝福を拒《こば》んできたのは偏《ひとえ》にマヤフへの愛情ゆえだ。

初代が愛した王の国だからこそ、苦しみのほうが多い不自然な転生を重ねてきたのだ……だが、その愛情と信頼は、七年前に潰《つい》えた。お前たちの父や兄がわたしの真心を踏みにじったあの夜に、言の葉姫はクタハとともに滅びたのだ。再生も復活もない。言の葉姫の帰還はない」

男のひとりが叫ぶように問いかける。

「では、では！　今ここにいらっしゃる貴方《あなた》は誰だと仰《おつしや》るのですか⁉」

貴方が言の葉姫以外のいったい何者だというのです

そんな悲鳴にも似た男の声に、言の葉姫はほろ苦く笑って答えた。

「わたしか。わたしは――」

青年の唇《くちびる》が、艶《つや》やかにして禍《まが》々《まが》しい笑みを刻んだ。

「纏う器をとうに喪《うしな》った、ただの亡霊に過ぎないよ」

その言葉に宿る絶対的な言霊の力――。

その場にいる誰もが、最早《もはや》認めざるを得なかった。言の葉姫は永遠に喪われ、二度と取り戻すことはできないのだと。

他でもない言の葉姫本人が、自らをそう位置づけてしまったのだから。

ぱん、ぱん、ぱん――。

場違いな拍手が聞こえて来たのはその時だった。

悄然《しょうぜん》と項垂《うなだ》れる男たちの中で、音のしたほうに顔を向けたのは妖貴の青年——そして、その身に憑依《ひょうい》しながらも決して解け合うことも重なることもせずに存在する魂《たましい》のみの少女のふたりのみだった。

青年……来焔の唇が「煌弥」と動いた。

それを実に楽しそうに見やりながら、突然宙から現れた黒髪の艶冶《えんや》な魔性は、心底感心した様子で人間には不可視の魂だけの少女に声をかけた。

「いや、天晴《あっぱ》れな心意気……聞いていて久々に胸がすっとした。実に気持ちのいいお人だ、眷《けん》属《ぞく》でないのがつくづく惜しまれる」

そう告げる声は楽しげに震えていた。

しかし、その漆黒《しっこく》の双眸《そうぼう》に宿る光はそうではない。

「だがな、言の葉姫。いや、かつて言の葉姫と呼ばれていたお人と言い直そうか……あなたが変わらず持つその力は強大にすぎる。わたしとしては、到底野放しにはしておけないのだよ。我が炎では魂ごと灼《や》き尽くすことはできまいが……」

いったん言葉を切った妖貴の右手に現れたのは刃を思わせる形の巨大な炎。

「身動きできぬ程度に弱らせることはできよう……後のことは我が君にお任せすれば間違いはない。ということで……ご機嫌よう」

艶やかな唇がそう言い終えるより早く、炎の刃《やいば》は投じられた——。

7

「ここがわたしの一番お勧《すす》めの店です。煮込み料理が美味《おい》しいんですよ。ただ、夕食の時間帯しか開いてないのが残念なんですけどね」

看板のしまい込まれた小さな店を示しながらリエンカがそう言うと、黒髪の美女の連れ――レンバルト以上に綺麗《きれい》な男の人がいるだなんて驚きだ！――の男性が、楽しげに頷《うなず》いた。

「なるほど、じゃあ今夜の食事はここにしようか」

な、と美女の顔を覗《のぞ》きこむ様子は、非常に親しげである。

そんな男性の、いささか接近しすぎに見える態度にも、美女は慣れた様子で「そうだな」と淡々とした声で答えるばかり。

このひと、凄《すご》い――とリエンカは思わず感心してしまう。

自分が美人だから、綺麗《きれい》な顔というものに耐性がついているのだろうか。こんなに整った容姿の男性が――言い方は悪いかもしれないが――べたべたと張りついているというのに、彼女は動揺する素振りひとつ見せない。

これが自分だったら、到底《とうてい》平気ではいられないだろう。レンバルトという心に決めたひとがいても、この男の人の美貌と存在感は半端ではなく心をかき乱す。勿論《もちろん》、想《おも》い人にこんな風《ふう》に振る舞われたら、心臓が破裂してしまうかもしれないが、それとは別にやはりどぎまぎしてしまうと思うのだ。

そんなことを思う一方で、リエンカは安堵《あんど》もしていた。

恩人である美女の連れが男性であり、それがレンバルト以上に綺麗なひとで、しかもそのひとが彼女のことを想っているらしいことに、だ。

よかったと心から思ってしまった。

こんなひとがそばにいるなら大丈夫。綺麗で大人っぽいこのひとが、レンバルトに心惹《ひ》かれるようなことはきっとない――。

そんなことを考える自分の卑小《ひしょう》さには嫌気がさすけれど、心はどうしてもそちらに向いてしまう。

わかっている。

レンバルトには言《こと》の葉《は》姫《ひめ》がいる。彼女との間になにかが起きるわけがない。

それでも――一抹《いちまつ》の不安は拭《ぬぐ》えない。彼女は自分と違って『小さく』はないのだから。言の葉姫で占められたレンバルトの心を変えることができるかもしれないと……リエンカには到底できないことを、彼女ならやってしまうかもしれないと。

だから、彼女の連れの存在にほっとした——なんて狡《ずる》いのだろう、自分は。

情けなくて涙が出そうになったが、こんな往来で泣き出すわけにはいかないし、そんなことをしたら一緒にいるふたりは困り果てるに違いないのでリエンカは奥歯を嚙《か》みしめてその衝動を堪《こら》えた。

そんな彼女にふたりは気遣《きづか》うようにしきりと声をかけてくる——昨日のことを気遣ってくれているのは明らかで、尚更《なおさら》リエンカは申し訳なくなった。

いいひと。いいひとたちだ。こんな自分を心配してくれて、そんな義理もないというのに守ってくれると言ってくれて。

だからせめて、今日はいっぱいユーライカを楽しんでもらわなくては——心を切り替え、リエンカはそう心に刻《きざ》んだ。

そのために、ユーライカの隠れた名所に案内しようと足を踏み出した瞬間だった。

——脳裏《のうり》に、あの夢を思わせる炎が浮かんだ。

どうして!? わたしは眠ってはいないのに!

愕然《がくぜん》として凍りついたリエンカの目は、ここではないどこかの光景を捉えていた。見覚えのある丘――集った男たち。その中には自分を襲ったあの男もいる。

そして――そうして。

「な、に……？」

ふたつの漆黒《しっこく》を纏《まと》う人影――そのひとつに重なる陽炎《かげろう》のような少女。

闇《やみ》そのものを紡《つむ》いだかのごとき黒髪の美女の手には巨大な焔《ほのお》。それだけで相手の正体は知れるというものだ。

魔性《ましょう》だ。黒髪の魔性がふたり……もうひとりは、あの青年は――！

知らず、リエンカは叫んでいた。

「レン！」

突然のことに、ふたりがリエンカを振り返るが、彼女にはそれに気づく余裕はなかった。

「リエンカ嬢、どうしたんだ⁉」

「レン……レンが……っっ！　どうして⁉　行かなきゃ……炎が……ああっ！　あんなにも大きな炎がっ！」

なにを叫んでいるのか理解することなくリエンカは見覚えのある場所へ駆けつけるために足を踏み出した！

しかし、それは阻《はば》まれる。

「リエンカ嬢！　しっかりするんだ、どこに行こうというんだ！」

腕を摑《つか》まれたことに気づく余裕もなく、彼女は束縛《そくばく》から逃《のが》れようと腕を振る。

「放して！　行かなきゃ……レンが……いいえ、あれはレンじゃない。でもあれはレンで……夢の中のレンで……ああ、急がなきゃ炎がレンを呑《の》みこんでしまう！」

「リエンカ嬢！」

「駄目、駄目、駄目！　そんなこと許せない！」

けれど、どうしよう――間に合わない！

いや、間に合わせる……間に合ってみせる！

「レン！」

決して、死なせはしない！

そう強く思った瞬間、リエンカの魂《たましい》は肉体から飛び出していた。

早く、早くあの丘へ――！

眼下で突然倒れたリエンカの体を、黒髪の女性が慌てて抱き留めているのにも気づかずに、彼女はただ想うひとのもとへと駆けた……。

※

煌弥《こうや》の操る炎を見た瞬間、来焰《らいえん》の脳裏に広がったのは自身の中に巣くう地獄の光景だった。

無残に焼き殺されながら、いまだ苦しみに囚《とら》われつづける人間たちの苦痛に満ちた悲鳴と怨《えん》嗟《さ》――。

あれ、が目の前で現実に繰り広げられようとしている――！

「やめろ、やめてくれ、煌弥！」

彼女の放つ炎は、自分を傷つけることはないだろうが、内に宿《やど》る言の葉姫の力を殺《そ》ぎ、この場に集った人間たちを灼《や》き尽くしてしまうだろう。

七年間苦しめられつづけた悪夢の再来――現実に肉と油の灼ける臭《にお》いが充満する焦土が新たに生まれる。

それは駄目だと来焰は思った。

あんなことは、二度とご免《めん》だ。水のもたらす苦痛以上に耐え難《がた》い。

咄嗟《とっさ》に来焰は背後にいる人間たちを庇《かば》うための結界を敷いた。煌弥の実力を思えば無傷で守ってやれそうにはなかったが、それでも骨も遺《のこ》さず一瞬で焼失するよりはましだろう。

しかし、他者のための結界を優先したために、我が身への対処が一瞬遅れた。近づきつつある炎に、来焰の中に在《あ》る死者たちが恐怖の悲鳴をあげ、彼の肉体を呪縛《じゅばく》した。

来る——防ぎきれない！

そう思い、襲い来る灼熱《しゃくねつ》を覚悟した時のことだった。

『駄目えぇぇっっ！』

空気を震わせることのない思念《こえ》がその場に響き渡った！

まさかと思う——あり得ない。

こんな場所で、この声が聞こえるはずが……聞こえていいはずがない。

しかし、彼の漆黒の瞳は空を駆け、自分を庇《かば》うように抱きついてくる少女の魂《たましい》だけの姿を捉えたのだ。

「リエンカ！」

『リエンカ！』

来焔と言の葉姫——ふたりの声と思念《こえ》が悲鳴となって重なった。

どうしてここに
いや、そんなことはどうでもいい！　このままでは彼女の脆《もろ》い魂は煌弥の炎に灼き尽くされてしまう！

そんなことは許せることではない。

「リエンカ、離れるんだ！」

『言の葉に強き力をこめて、我言《わが》の葉姫が言霊《ことだま》に命ず――』
『いやよ！　レンが死ぬのはいや！』
三者の声《こえ》と思念が交わる間にも、強大な炎は迫ってくる。
「リエンカ！」
『炎は、水には剋《か》てない！』
言の葉姫の言霊は、しかしこの場に水がないがために効果を発揮《はっき》できなかった。
その時、リエンカがなにを思ったか、真剣な眼差《まなざ》しを言の葉姫に向けて叫んだ。
『もう一度、言って！』
『リエンカ？』
『いいからもう一度、同じことを言って！』
鬼気迫る勢いの少女の言葉に、死者たる少女がうなずいた。
『炎は――』
リエンカがぎゅっと目を瞑《つむ》った――強く何かを念じるように。
そうして、続く言葉をともに口にしながら、彼女は――。
『『水には剋てない！』』
……奇跡を起こしたのだ。

※

それは信じがたい光景だった。

突然空中から出現した水が、煌弥の放った炎を打ち消したのだ。

しかも本来生じるはずの大量の水蒸気は発生せず、炎が消えた後水もまた何処《どこ》かへと消えた
——これは幻影《げんえい》か、と呟《つぶや》いたのはいったい誰であったのか。

「……タチの悪い手妻《てづま》を見せられているような気分だ。これはあなたの仕業か、言の葉姫？」

煌弥の言葉に、言の葉姫であった少女はゆっくりとかぶりを振った。

その眼差《まなざ》しは、来焔にしがみついたままのリエンカに向けられている。

『わたし以外誰も知らなかった……これがリエンカの持つ力だ。この娘《こ》は他者の夢に同調し、悪夢を善《よ》きものに変えることができる。わたしはかつて、この身に宿る言の葉の強すぎる力に押しつぶされそうになっていたところを赤子のこの娘に救われた。わたしの中の恐ろしいばかりの言の葉を、この娘は色とりどりの美しい葉に変えて、光の中を舞わせたのだよ。そうしてわたしに言の葉というものが、本来とても美しくかけがえのないものであることを教えてくれたのだ。言うなれば、イメージを具現する力とでも呼ぶべきものだ』

もっとも、現実に水を具現するなどという無茶はしようと思ってできることではなかろうが――と、そこでいったん言葉を切ると、言の葉姫は意味深長な笑みをたたえて来焰を振り返った。

『これの身に危害が加えられない限りは、この娘は害のない夢の守人《もりびと》でありつづけるだろうよ。わたしも……この娘が幸せに笑っている限り、強い言霊を扱う気にはならぬだろう。今のわたしは妹を案じるただの姉に過ぎない。それでも放っておいては貰《もら》えないか？』

問いは煌弥に向けられたものだった。

漆黒を纏う艶冶《えんや》な魔性は、呆《あき》れたように息をついた。

「妖女《ようじょ》の妹はやはり妖女か……」

そしてちらりと来焰に目をやると、彼女は大仰に肩を竦《すく》めた。

「呆れた男だ。まんまと妖女ふたりに捕まりおって……そんな情けない男は、我が君の側近に相応《ふさわ》しくない。どうなと勝手にするがいいさ」

そう言い置くなり煌弥の姿は宙に消えた。

来焰の腕の中にあったリエンカの姿が宙に溶けこむように消えたのは、そのすぐ後のことだった。

炎も水も跡形もない小高い丘の上――。

リエンカの起こした奇跡は妹を案じる姉の言の葉によって、完全に覆い隠された。

知るのは魔性ふたりと妖女の魂だけだった……。

※

ああ、いつもの夢だ、とリエンカは思った。

一面の焦土、糧《かて》もないのに燃え続ける黒炎――灼熱《しゃくねつ》に灼かれた人々の絶えることのない悲鳴と呻《うめ》き……。

レンバルトを苦しませる悲しい悪夢。

いつもいつも、何もできずに見ていることしかできない自分が情けなく悔しかった。何かできればいいのにと、ずっと思っていた。

けれど今なら――この夢を終わらせることができると不思議な確信がある。リエンカは広がる地獄を正面から見つめ、そうして生まれ変わる世界を脳裏に浮かべた。

――乾きひび割れた大地……潤《うるお》す水があればいい。

リエンカはイメージする――こんこんと湧き出る清水を。

それは泉となり、たちまち溢《あふ》れて川の流れを作った――彼女の脳裏に描いたままの光景が焦土を塗り替えていく。

乾いた大地に水が染み渡り、草木が芽吹き緑が溢れる。

次に彼女は世界を埋め尽くす嘆きと怨嗟に満ちた声を上げる者たちに語りかけた。

――泣かないで、苦しまないで……ああ、もうここに縛られないで……もう大丈夫。あなたたちはもうここから離れられるのだから。だって、ほら水は流れていく。この流れに身を任せれば……そうね、乗り物が必要ね。綺麗で優しい乗り物が。

泉に咲き、川を流れる美しい花――睡蓮《すいれん》がいいわ、と彼女は決めた。

途端に水面を埋め尽くす一面の睡蓮……薄紅の花が次々と開く。

――睡蓮に抱かれて眠ればいいわ。そうすれば花があなたたちを行くべきところに運んでくれる。川の流れがあなたたちを導くわ。

彼女の声に応《こた》えるように、嘆きの悲鳴がぴたりとやんだ。

代わりに彼女を慕《した》うかのように近づく無数の小さな光が現れる。光は彼女のそばを一、二度くるくると回ると睡蓮の花に向かって飛んだ。吸い込まれるように光は花の中に消え、睡蓮の花は次々に川を流れていく。

そしてリエンカは最後に黒い炎を見つめた。

――豊かな水によって劫火《ごうか》は消える……空を覆う暗雲は優しい風が払ってくれる。恵みに溢れた陽光が地を照らし、大地は息吹を取り戻す。

どす黒い雲が晴れると、優しい金色の光が射し込んでくる。

焦土は消え、そこは緑溢れる大地となった。

「素敵ね」

と、背後から声がしたのはその時だった。

振り返ったリエンカは、そこに夢で何度か見たことのある女性の姿を認めて目を瞬《またた》かせた。

青みがかった銀色の髪、薄茶の瞳でそれが誰かはわかるのだが、その目に宿る光が以前とは違ってひどく優しいものだったのに驚いたのだ。

「言の……ううん、イーアンシル姉さん……？」

イーアンシルとは、彼女の両親が言の葉姫として生まれ落ちた娘に与えた名前だった。名前もまた呪《しゅ》であるため、実際にその名で彼女を呼ぶことは許されなかったと聞いたけれど……今なら呼んでもいいのではないかとリエンカは思った。

果たしてイーアンシルはふわりと微笑《ほほえ》みうなずいた。

「ええ、リエンカ。こうして会える日を待っていた……見守ることができるだけでも満足と言えば満足だったけれど、言葉を交わせたらどんなにか嬉しいだろうと思っていたよ。願いを叶えてくれてありがとう」

愛しい妹、と銀の髪の少女が告げる。

「生まれたばかりだったあなたは覚えていないだろうが、わたしはあなたに夢で救われた。重いばかりの荷物だと思っていた言の葉を、あなたが愛すべき美しいものだと気づかせてくれたのだ。だからわたしは、あなたを守ると決めたのだよ。そして肉体を喪った代わりにマヤフの束縛から解放されたあの日、わたしはあの男に最強の呪をかけた――」

あなたを守らせるために。

その言葉にリエンカの瞳が翳《かげ》ったのに気づいたのだろう、イーアンシルは苦笑まじりに「だが」と続けた。

「あなたが望まぬことを続けても仕方がない。憎悪と嘆きに身を浸し、あの男を苦しめ縛るのは今日を限りにやめるとしよう。しかし、リエンカ。あなたももう気づいているだろうが、あれは人間ではないよ?」

それでも――と言外に問いかけられたリエンカは、迷うことなく頷いた。

「うん」

イーアンシルが新たな問いを投げかける。

「あの亡者たちを見ただろう……あれはすべてあの男に殺された者たちだ。そんな男だと知っても……?」

心は変わらないのかと尋ねられるが答えは決まっていた。

「うん、それでも――」

わたしはレンバルトが好き――と続けようとした彼女の唇に、イーアンシルの指が押し当てられた。

「それは直接本人に伝えるといい。わたしにはどこがいいのかさっぱりわからないが……あなたの心はあなたのものだ。ねじ曲げるわけにもいくまいよ。欲しければ手を伸ばせばいい。わたしの願いは、あなたが幸福であることだけだ」

それだけは忘れないで――。

そう告げると同時に、イーアンシルもまた光と化した。

迷いもなく睡蓮に宿り、川を流れて行く。

その様子を、リエンカはずっと見つめていた。

「ありがとう、姉さん……どうか安らかに眠ってください。そして、次に生まれてきた時こそ幸せになってください」

願いを込めた言の葉に、いかなる力が宿ったのかは誰も知らない――。

エピローグ

自分を呼ぶ声に、リエンカは目覚めた。

街中で倒れたはずなのに、なぜかそこは見知った自分の部屋だった。

もしかして、あのふたりが運んでくれたのかしら……？　だったらお礼とお詫《わ》びを言わなくっちゃ……。

ぼんやりとそんなことを考えていると、再度自分を呼ぶ声が聞こえた。

目を向ければ、そこには漆黒《しっこく》を纏《まと》った青年が、自分の手を両手で包みこむようにして額《ひたい》に当てていた。

彼が誰か、今更確かめる気にもならず、彼女はふんわりと微笑《ほほえ》んだ。

「レン……」

呼びかけると、青年が弾《はじ》かれたように顔を上げる。

そこに驚愕《きょうがく》の色を見いだして、リエンカはおかしくなった。馬鹿《ばか》なレン……わたしが知らないと思っていたのかしら。

ずっと前から気づいていたのに。

「リエンカ……」

「レン……もう、痛くない？　辛《つら》くない？　夢はもう、あなたを苦しめない？」

彼女の問いに、青年がくしゃりと顔を歪《ゆが》めた。

まるで泣き出す寸前のようだと思った。

「ああ……もう苦しくない。お前のおかげだ……お前がおれを救ってくれた」

「よかった」

青年の答えにほっと安堵《あんど》の息をついて、リエンカは心を決めた。

告げるなら今しかないと——それは確信だった。

「ねえ、レン。聞いて。わたし、わたしね、レンが好き。男の人としてレンのことがずっとずっと好きだったの。レン、レン……わたしを見て。もう小さなリエンカじゃないわたしのことを見て、そうしてずっと一緒にいさせて欲しいの」

ひたと彼の瞳《ひとみ》を見つめて、リエンカは必死にそう訴えた。

答えはなかった——言葉としては。

リエンカを寝台に抱き起こすと、魔性《ましよう》の青年は耳元に囁《ささや》いた——それは魔性にとっては最強の呪《しゅ》であり枷《かせ》。

「来焔《らいえん》、だ……」

自《みず》ら名乗り、彼は彼女を抱きしめた。

「お前を見よう、小さかったおれのリエンカ……お前だけを。放せと言っても放さない」

目の眩《くら》むような幸福感に包まれながら、リエンカは愛しい青年の唇《くちびる》の味を初めて知った。

※

ユーライカの街外れを人目に立つ一組の男女が歩いていた。

どちらも大変な美貌の主であったため、すれ違う者は十人中十人が振り返るという有様だったが、ふたりは気にする様子もない。

不意に男のほうがクスリと笑うと、黒髪の女性が怪訝《けげん》そうに問いかけた。

「なんだ、どうした？」

「いや……」

男は言葉を濁しかけ、思い直したように問いに答えた。

「どうやら無事に意識を取り戻したようだぜ」

その言葉に女性はほっとしたように息をつく。

「それはよかったが……やはり、わたしたちの前で倒れたんだ。責任上彼女が目覚めるまでついていたほうがよくはなかったか？」

しかしこれは男に一蹴《いっしゅう》された。

「よせよせ。馬に蹴《け》られるのがオチだ」

あんな奇跡を贈られて、墜《お》ちない男がいるわけがないのだから——。

続けられた言葉は小さすぎて彼女の耳には届かなかったらしい。

黒髪の女性は困惑《こんわく》したように首を傾《かし》げる。

「馬に？　何かの暗喩《あんゆ》か？」

彼女の言葉に男は大きく息をつくと、やれやれとばかりに肩を竦《すく》めた。

「やーれやれ。この鈍感《どんかん》娘はいつになったらそういう意味でおれを求めてくれるんだか……」

おれも気が長くなったもんだ。

ぼやく男を彼女が見上げる。

その顔には大きく「わけがわからない」と書いてあった——。

アイの言の葉

プロローグ

エンランドは悩んでいた。

今年二十歳《はたち》になる彼は、実際より二、三歳若く見られる童顔でしかも考えていることがすぐに顔に出る素直な性格のおかげで街の皆に愛されている。

だから、彼の沈んだ様子に気づくなり、彼の店を訪れた馴染《なじ》みの客たちは一様に心配したように問いかけてくるのだ。

「……べ、別に……」

何でもないと否定するが、彼の声は明らかに引きつっており、動作もわたわたと落ち着かない——挙句《あげく》の果てに彼がなにより大事にしている商品である花を三本も駄目にしてしまったとなれば、皆が黙っていられるはずがなかった。

「どうしたのよ、いったい？　あんたが自慢のお花さまを台無しにするだなんて、いつもだったら考えられないことじゃない」

常連客のひとりのおばちゃんが突っ込むと、店内にいた別の常連客たちもここぞとばかりに集まった。

狭《せま》い花屋の中、店主兼ただひとりの店員であるエンランドはすっかり常連客たちにぐるりを囲まれてしまった。

「だから、別になんでもないって……」

意地でも口を割るまいとするその覚悟のほどはわかるが、その顔が耳元までうっすらと紅《あか》く染まっているのを見れば、彼の悩みの原因など明白だ。

春だ。

春ね。

春が来たか。

客たちが素早く視線を交わしながら、誰が突撃隊長となるかをやはり目線だけで相談する。

そうして決まったひとりが、ずずいとエンランドに迫ったのは、もちろん多大なる好奇心はあったが、それ以上に愛すべき『花馬鹿《ばか》』の青年の恋を応援してやりたいと思ったからである。

そう……エンランドは常連客たちが揃《そろ》って呆《あき》れかえるほどの『花馬鹿』だった。

花をこよなく愛すると言えば聞こえはいいが、珍《めずら》しい新種を見つけでもすれば、彼はたちまち寝食を忘れてその花に夢中になる。そうして綺麗《きれい》に咲いた花たちに、彼は真顔で愛をささやくのだ。

『今日も綺麗《きれい》だね』

ならまだ序の口だ。

『君の花びらほど繊細《せんさい》で美しいものは見たことはないよ』

だの、

『凜《りん》として可憐《かれん》という言葉はきっと君のためにあるんだね』

だの、

『素晴らしいよ、こんなに甘やかな香りは聞いたことがない』

などなど——どこの女たらしだと言いたくなるような言葉を、彼は惜《お》しげもなく花たちに投げかける……そう、花たちだけに。

こんなことで果たして彼は結婚できるのだろうか——常連客たちは揃って心配してきたものだ。

その彼の、今回のこの変貌《へんぼう》。

応援するしかないではないか。そして、応援するにしても協力するにしても、まず必要となるのは相手の情報だ。

「それで、エンランド坊やがぼーっとなる相手ってのは、いったい何処《どこ》の娘さんだい？　いくら花馬鹿のあんたでも、ご近所づきあいぐらいはあるだろうから、隣区画か……それとも新しく引っ越してきた学生さんかなにかかい？　まさか、あんたにしつこく声をかけてた隣町の後《ご》家《け》さんじゃあるまいね」

それだったら、ちょっと考え直すことを勧めるよ、あたしらは。

保護者気取りのおばちゃんたちの迫力にすっかり圧されてしまっていたエンランドは、そこで慌てて手を振った。

「違う、違う！　あの人はおれに専属の庭師にならないかって誘ってきただけで、そういうんじゃないし！　第一、あの人を見てもこんなに夢中にはならないよ！」

ある意味、件《くだん》の未亡人に対して非常に失礼な物言いだったが、おばちゃんたちが気にする様子はない。

毒のある花を思わせる件のご婦人は、おばちゃん連の受けがよろしくなかった。

可愛《かわい》い息子をあんな女の毒牙《どくが》にかからせてたまるものかというやつだ。

「そんなんじゃないんだ……ぼくは、ついに奇跡の薔薇《ばら》を見つけたんだ……」

エンランドの陶然《とうぜん》とした声に、おばちゃん連はこぞってため息をついた。

駄目だ、これは。

どこまでいっても花のことしか考えられない花馬鹿だ。手の施《ほどこ》しようがない。

そう思い、常連客たちが散ろうとしたときのことだ——店の扉が開き、新たな客が現れたのは。

「こんにちは。三日前に花を頼んだのだが、届いているだろうか?」

女性にしてはやや低いアルトの声は、まだ若い。

しかも、その声を聞いた瞬間のエンランドの変貌たるや凄《すさ》まじかった。

「は、はい! ちょうど今朝蕾《つぼみ》がほころび始めたんです! 今日にもそちらの宿に連絡を差し上げようと思ってたんです!」

真っ赤な顔に、常《つね》より明らかに上ずった声——これは。

おばちゃん連の好奇心がむくむくと巨大化したのも無理はない。失礼にならないよう、幾人《いくにん》かがさりげなく扉のほうに視線を向ける。

そして、そこに現れた女性の姿を目にした途端……。

皆が皆、そっとため息をついた。

うちひとりがぽん、とエンランドの肩を叩《たた》いたのを合図に、おばちゃん連は一斉《いっせい》に店を引き上げた。

からん、からんと店の扉の鈴が鳴る。

そして、充分に店から離れたところで、ひとりがはあぁ、と嘆息した。

「どこまで花馬鹿を貫《つらぬ》けば気が済むんだ、エンランド坊や……」

誰もこの言葉に異論を唱えはしなかった。

なぜなら皆の胸中には、全《まった》く同じ言葉が浮かんでいたからだ。

花は花でも——高嶺《たかね》の花。

エンランドが恋した初めての女性は、到底《とうてい》彼の手に負えるような存在ではないと、長年の経験でおばちゃん連にはわかってしまったのである。

―


三日前の出会いを、エンランドは運命だと思っている。

彼女が初めて店を訪れたときの衝撃は到底忘れられない。

からん、と扉の鈴の音《ね》が鳴ったのに気づいて店の奥からひょいと顔を出したエンランドは、まさにそこに奇跡を見たのだ。

つややかな黒髪を肩に届くかどうかの長さで切り揃《そろ》えたその女性は、凜然《りんぜん》として気高く店内の愛すべき花たちすべてを圧倒していた。

すらりと細い四肢《しし》、ややきつい印象を放つ美貌《びぼう》はまさしく『花の女王』と呼ぶに相応《ふさわ》しいものだった。

何よりエンランドの目を捕らえて離さなかったのは、彼女の不思議な色違いの瞳《ひとみ》だった。

右目の琥珀《こはく》はなぜか金を思わせ、左目の深紅《しんく》は底なしの闇《やみ》を思わせた。

奇跡の薔薇《ばら》だ――。

エンランドは陶然《とうぜん》と彼女を見つめた。しかし、彼がこの出会いを運命だと信じたのは彼女の素晴らしい美貌ゆえではなかった。

彼女は——自分を見た瞬間、確かに驚いたように両目を大きく瞠《みは》ったのだ！

エンランドは確信した——彼女も確かに僕になにかを感じ取ったんだ！　これを運命と呼ばずに何と呼ぼう！

その場に先ほどのおばちゃん連がいたら、「勘違い」と短く答えたに違いないのだが、エンランドはすっかり舞い上がった。

「な、な、な、なにかご用でしょうかっっ！」

情けなくも声が上ずり、何度も舌を嚙《か》みかけた。

すると彼女は心底申し訳なさそうな顔になり、「実は花について尋《たず》ねたいことがあるのだが……いいだろうか」と口を開いた。

声だけでなく口調も女性としては硬い感じがしたが、彼女にはそれがよく似合っていた。

「もちろんですとも！」

勢いよく答えると、ようやく彼女はほっとしたように微笑した。

なんという笑顔だろう！　彼女がこんな風《ふう》に微笑《ほほえ》んでくれるのなら、自分は何だってするだろう！

そうして聞き出した彼女の質問とは──『花王《かおう》』という花は扱っているだろうかというものだった。

もちろんエンランドは知っていた。

花王とは正確には花の名前ではない。百花の王という意味のいわば二つ名だ。二十日草《はつかぐさ》、深見草《ふかみぐさ》、名取草《なとりぐさ》、山橘《やまたちばな》──最も広く知られている名称は牡丹《ぼたん》。

それならエンランドの自宅にある。温室で育てているので、普通より早く蕾《つぼみ》がついて、数日で開花しそうなものもあった。

「数日かかりますが、それでよろしければ……色は何色にしましょうか?」

尋ねると、彼女は再び申し訳なさそうに口を噤《つぐ》んだ。

しまった。ぼくはなにか間違っただろうか?

内心慌てまくるエンランドに、そのひとはため息混じりに告白した。

「すまない。わたしは実は花のことに詳しくなくて……いつも世話になっている知り合いに礼のつもりで何が欲しいか尋ねたら、花王が欲しいと言われて……色までは聞かなかった。出直してくる」

そのままくるりと踵《きびす》を返しかける運命の彼女を、エンランドが急いで引き留めたのは言うまでもない。

「待ってください！　その方が花王が欲しいと仰《おつしや》ったのなら、恐らく色は赤ですよ。昔は牡丹は赤が最高だとされていたんですから！」

赤――と聞いた途端、彼女はなぜか深く息をついた。

まるで何かに呆《あき》れているかのようだった。

「なにか？」

気になって尋ねた彼に、彼女は「いや、なんでもないんだ」と苦笑混じりに頭を振った。

ますます気になったが、まだ出会ったばかりの相手に不躾《ぶしつけ》に踏み込むわけにもいかず、そうですかと曖昧《あいまい》に笑った。

「それで、赤い牡丹を取り寄せることはできるだろうか？　できるとしたら何日ぐらいかかるかわかるだろうか」

「三日ほど待っていただければ……一番大きな蕾のついた株がちょうど赤なんです。咲き始めたらすぐにお届けしますから、連絡先を教えていただければ――」

にこやかに告げながら、エンランドは花屋でよかった、と自分の職業に心底感謝した。

これなら警戒されることなく彼女の名前と住所がわかる。

果たして彼女は迷う素振りも見せずにすらすらと連絡先を書いてくれた。

住所は街の二番目に大きな宿屋のそれで、旅行者なのかと少しだけ残念に思ったが、それ以上に彼女の名前を知ることができたのが嬉《うれ》しかった。

彼女の名はラエスリール――。

早く呼べるようになりたいな、とエンランドは思ったのだ……。

※

そうして三日後の今日、わざわざラエスリールが店を訪ねて来てくれた。彼女もきっと自分に会いたかったのに違いない。

そう思うと心が浮き立つのを止められないエンランドだった。

いそいそと店内の客を追い出し――先に出たおばちゃん連だけでなく、他の皆も常連の冷やかしばかりだったのだ――彼は咲き初めの牡丹の鉢を両手で抱え、宿までは僕が持ちましょうと言って、ふたりで街を歩くことを彼女に承知させた。最初、彼女は自分が持つからと言って聞かなかったのだが、牡丹は繊細《せんさい》な花ですから、と言うとおとなしく引き下がった。

……もしかしたら、ラエスリールさんは結構がさつなひとなんだろうか。いやいや、人間誰しも欠点のひとつやふたつはあるものだ。そんなことぐらいで、僕の心は揺らがない！

そんなことを思いながら、ふたりで歩く幸せを満喫《まんきつ》していたエンランドだが、彼女がしきりに牡丹に視線を向けるのに気づいて首を傾《かし》げた。

「牡丹を見るのは初めてですか？」

「いや、牡丹そのものは何度か見たことはあるんだが、赤い花は見たことがなかったので、こんな赤をしているのかと……どうしてあいつは赤い牡丹を欲しがったんだろう」

あいつ、と呼ぶ彼女の声に滲《にじ》む意外な柔らかさに、エンランドの胸に不安が過ぎる。

あいつ？　あいつって、まさか男なのか？　彼女は僕の運命のひとなのに！

いやいや、早合点は禁物だ。もしかしたら家族の誰かなのかもしれないし！　それなら親しげなのは当然なのだし！

必死に自分に言い聞かせながら、エンランドはさりげなく探りを入れることにした。

「もしかしたら花言葉が関係してるのかもしれませんね。因《ちな》みに牡丹の花言葉はいくつかありまして、富貴《ふうき》、壮麗《そうれい》あたりが有名ですよ。あと恥《は》じらいというのもあったかな」

さて、彼女はどう反応するだろう――？

牡丹を欲しがる男だからといって、牡丹が似合うとは限らない。いやいや、ご家族だったら別にそれでもいいんだ。花が好きな人間に悪いやつはいないのだし……そもそも男は顔じゃない。

「富貴？　壮麗？　おまけに恥じらいだと……似合わないにもほどがある。いったい何を考えているんだか」

一刀両断である——容赦《ようしゃ》の欠片《かけら》もない。

エンランドはそんなラエスリールの様子にほっと胸をなで下ろした。しかし、そうなるとやはり別のことが気になるものだ。この花を欲しがった男というのがどんな人物なのか知りたくて仕方なくなった。しかしさすがに単刀直入にそれを尋ねるのは憚《はばか》られる——何しろ自分たちはまだ出会って間もない間柄にすぎないのだから。

そこで彼は花に絡《から》めて話題を振ることにした。

「へえ。じゃあ、どんな花が似合うようなひとなんですか？」

さりげなさを装ってそう問いかけると、ラエスリールは即答した。

「大輪の薔薇だな。無闇矢鱈《むやみやたら》に派手なところがぴったりだ」

少なからぬ衝撃がエンランドを襲った。

無闇矢鱈に派手な大輪の薔薇を思わせる男——そんな非常識な輩《やから》は世のため人のため、何より自分のために存在を抹消《まっしょう》してしまいたい。

「へ、へえ……因みに色は？」

「深紅《しんく》」

これまた即答だ。

エンランドは口元が引きつりそうになるのを必死に堪《こら》えた。

「いや、少し違うか。深すぎて一見黒に見えるほどに濃い赤……かな？」

ますます悪い。

いや、待て。大丈夫だ、黒赤色の薔薇には確かふたつ花言葉があったはず。

「……あー、それはご本人には言わないほうがいいかもしれませんね。何しろ花言葉が『死ぬまで憎みます』でしたから」

そう忠告を装って彼女の口を塞ぐ。

相手の男が花言葉に詳しいかどうかは知らないが、調べれば必ずもうひとつのほうも見つけてしまうに違いない。そうさせないためにも、ここはラエスリールに釘《くぎ》を刺しておくべきだろう――彼女は自分の運命の人なのだから。

自分だけが彼女に運命を感じているわけではないはずだ。

何度も自分に言い聞かせる程度には、エンランドの胸に不安が湧き起こっていた。しかし、それは束《つか》の間のことだった。

ラエスリールが、不意にこんなことを言い出したからだ。

「あなたを花に喩《たと》えるとしたら蒲公英《たんぽぽ》かな」

彼女の視線が自分の頭部――もっと正確に言うなら、常々おばちゃん連に『ひよこ頭』と評されるふわふわの短い金髪に向けられていることに、幸か不幸かエンランドは気づかない。

蒲公英の花言葉が脳裏《のうり》を埋め尽くしていたからだ。

愛の神託《しんたく》、真心の愛——ああ、僕の直感は間違っていなかった！　彼女と僕は結ばれる運命の下に生まれて来たんだ！

ほかにも幾《いく》つかある都合の悪い内容のものは自動的に削除されている。

エンランドはこの時、一点の曇《くも》りもなく幸福だった。

しかし幸福は長くは続かない。

「…………酷《ひど》いわ」

背後から突然投げかけられた声が、彼の幸福な時間の終焉《しゅうえん》を知らせるものだった。

振り返った先にいたのは、エンランドもよく見知った常連客のひとり——先ほどおばちゃん連がさんざん口にしていた未亡人……ではなく、その十歳の娘だった。

「……スターリア？」

「酷いわ、エンランド。わたし今日もお店に行ったのよ……なのに、突然お店を閉めて、そのひとのためにお花を持って……」

恨《うら》みがましい目で見上げられて、さすがにエンランドも気が咎《とが》めた。

スターリアとその母親は毎日店に来ては、冷やかしでなく大量の花を買ってくれるお得意様なのだ。無精《ぶしょう》なのかその手の才能に欠けているのか、どんなにコツを教えても切り花を三日と保《も》たせたことがない、花好きとしては少々思うところがある相手とはいえ、大事な客であることに変わりはないのだ。

「ごめんよ、この花を届けたら、店に戻るつもりだったんだよ、まさか留守の間に君が来てくれるなんて思わなかったんだ」

本当のところは、うまく打ち解けられたら戻らずラエスリールと過ごすつもりだったのだが、さすがに馬鹿正直に言えることではない。

しかし、エンランドは自分で思っているより遙《はる》かに……嘘《うそ》が下手《へた》だった。

「嘘つき」

冷ややかな少女の眼差《まなざ》しに射貫かれ、彼はなぜか背筋に冷たいものを感じた。

なぜだ？　相手は小さな女の子だというのに⁉

そんなエンランドの心境に気づいたかのように、スターリアがにっこりと微笑《ほほえ》んだ。

そして、その瞬間――。

「え――？」

「エンランドさんっ！」

ラエスリールの声が、何故《なぜ》か足下から聞こえて来て、思わずそちらに目を向けた彼は、あまりのことに絶句した。

エンランドの体は宙に浮いていたのだ——十歳の少女に襟首《えりくび》を摑《つか》まれた格好《かっこう》で！

2

ひゅん、ひゅん、ひゅん――。

風を切る音が耳元を通り過ぎる。

なんだ、なにが起こってるんだ⁉　僕は起きたまま夢を見ているのか⁉

どう考えてもこれが現実とは思えない。なにがどうなって自分は空中を移動しているというのか――しかも自分を抱えているのはスターリアだ。

小さな少女に襟首を掴まれて……いや、そもそもなぜ彼女が空を飛べるのか。

「夢だ……」

呟《つぶや》く声はしかし風にかき消されて、自分の発した声すら微《かす》かにしか聞こえないことが逆にエンランドにそれが現実であることを教えた。

悪夢としか思えないとしても、確かにこれが現実に起きていることなのだと。

しかし、どうしてもわからない――なぜスターリアが……いや、これはもう考えた。考えていないのは、ここで彼女が手を放したりしたら、自分はどうなるんだろうということで……駄目だ、自分で恐怖を煽《あお》ってどうするのだ。

エンランドは息を詰《つ》めたまま、空中移動の恐怖に耐えた。その間、ラエスリールに注文された牡丹の鉢をしっかり抱きかかえたまま放さなかったのは、偏《ひとえ》に花全般に対する深すぎる彼の情熱の賜《たまもの》と言えたかもしれない。

しかし何事にも限界というものがある。

スターリア――の姿をした何か――が地上にエンランドを降ろしたのは、彼の理性が崩壊する寸前のことだった。もう少しでも遅ければ、彼は声の限り絶叫していたに違いない。

「う、あ。う……?」

現実に頭がついていかないまま、エンランドが意味を成さない声を洩《も》らしていると、不意に前方から呆《あき》れたような声が聞こえた。

「あらあらぁ?　どうしたの、なぜ花屋の坊やまで持ち帰ってきたの?」

のろのろと顔を上げれば、スターリアの母親である未亡人が床に座りこんで何かを口に運んでいた。

爪《つめ》や指《ゆび》が、赤黒く汚れているのは、土でもいじったのか。

手を洗わないと衛生的に問題があるぞ――とは、あまりの光景に現実逃避を図ったエンランドの心の声だった。

何しろ、いつも上品で色っぽい笑顔を振りまいている彼女の足下に転がっているのは、気のせいでなければ大きな人形のようなもので……床に広がるのは彼女の指先を汚しているものと同じどろりとしたもので――。

もっとはっきり言うならば、彼女が口にしているのは――！

「うわあぁぁっ！　イレイヤさんっ！　あなた、何を食べてるんですかあぁぁぁぁ⁉」

声がひっくり返るのは仕方がない。

誰だって、こんなものを見て平気でいられるはずがない――がちがちと歯を鳴らしながら、エンランドはイレイヤの食事光景から目を逸《そ》らせずにいた。

しかし、彼の反応は予測済みだったのだろう、イレイヤは――いや、イレイヤの姿をした何か……恐らくはスターリアと同類に違いない生き物は、にい、と真っ赤な唇《くちびる》を笑みに歪《ゆが》めた。

「何って……お肉？」

答えながらイレイヤの皮《かわ》を被《かぶ》った――ああ、もう認めるしかない――魔性《ましよう》が持ち上げて見せたのは、どう見ても人間の腕だった。

「ぼ、ぼ、僕は食べても美味《おい》しくなんかないと思いますよ！」

人食いの魔性《ましよう》に攫《さら》われてきた理由を他には思いつけず、エンランドは必死に言い募《つの》る。

すると、食事中の魔性は「あら？」と意外そうな声を上げた。

「なあに枝羅《しら》、あなた何にも説明しないでエンランドさんを連れて来たの？　駄目じゃない怖がらせちゃ。大事な大事なひとなのに」

咎《とが》める声に、枝羅と呼ばれた――スターリアの姿をしたほうだ――魔性が唇《くちびる》を尖《とが》らせた。

「だって砂弥《さや》、この人ったら酷《ひど》いのよ？　お店を勝手に閉めちゃって、その上わたしたちには見せたこともないような上等な花を抱えて綺麗《きれい》な娘と一緒に歩いてたんだから！　でれでれしちゃって見てられなかったわ。あんまり腹が立ったから、もういいやって連れて来ちゃった。別にいいでしょ、どうせこの人には家に来てもらうつもりだったんだから」

くすくすと笑う声は、幼《おさな》い子供のそれでありながら、宿る響《ひび》きの異質さゆえに悪寒《おかん》を誘うものでしかない。

これに対して砂弥がため息を洩らした。

「もう……こんな所を見られちゃった以上、帰してあげることはできないわねえ。でも確かにエンランドさん、あなたも悪いわ。わたしたちは、あなたのお花を必要としているのに、専属になってくれないばかりか、売ってもくれないだなんて、酷すぎるというものだわ」

何が何だが全然意味がわからない。

しかし、エンランドにとって『花』の一言は魔法の呪文に匹敵する威力を持っていた。

花。僕の花。可愛《かわい》い愛しい僕の花たち——。

綺麗に咲いて人の心を慰《なぐさ》めて、優しい気持ちを抱かせてくれる——僕の大事な子供たち。

その花を、どうして魔性である彼女たちが必要とするのだろう?

勿論《もちろん》、大切に愛《め》でてくれるなら相手が魔性でも差別するつもりはないんだが……いや、人食いの相手にこの考え方は不味《まず》いのか? 人食いでも花を愛する心は同じなのか、どうなのか
——そう、そこが問題だ。

エンランドは混乱の極致《きょくち》にあった。

おかげで思考回路がおかしな方向にずれていたのだが、自分ではそうと気づくことができずにいた。

もっとも、そうでもしなければ正気を保つのは難しかったかもしれないが。

「僕の……僕の花が必要って……」

どうして、と呟くと砂弥がくすくす笑いながら答えた。

「わたしたちねえ、腐りかけの人間のお肉が大好きなの」

「だけど、そのお肉を食べてると、どうも臭《にお》っちゃうらしいのね」

枝羅が歌うように後を引き取る。

「餌《えさ》を狩るのに人間の中で暮らせないのは不便でしょう?」

「だから、わたしたち香りの良いお花の香気《かき》を摂《と》るの」

「そうしたら、少しの間だけど腐臭《ふしゅう》がしなくなるの」

おぞましいことを実に楽しげに二人の魔性が口にするのを、エンランドは呆然《ぼうぜん》と聞いていた。

「エンランドさん、特にあなたのお店のお花は最高よ」

「香気を纏《まと》うと、腐った臭いが消えるだけじゃない、良い香りがするって餌が勝手に寄ってきてくれるの」

「他のお店の花なんか、もう使えないわ。わたしたち、あなたのことが必要なの」

だから、ねえ——と枝羅が甘えた声で告げた。

「わたしたちのためにお花を作って？」

その言葉を聞いた瞬間、エンランドの中の何かが——切れた。

※

「ふざけるなぁっ！」

エンランドは激怒していた。

それはもう、他に言葉が浮かばないほど怒りで全身が破裂しそうなほど。

「僕が丹精《たんせい》込めて咲かせた花を、悪臭消しのために……遣《つか》った、だって!? 花を花として愛でようともしないで、そんな汚らわしい目的のために……僕の大事な花たちをお前たちは踏みにじったんだぞ！ それどころか、これからも続けるつもりだから、僕にそのために花を作れだなんて……信じられない！ おぞましい、身の毛がよだつ！ 絶対にお断りだ！」

一息にそう言い切ったエンランドだが、生憎《あいにく》なことに彼の怒りはふたりの魔性には伝わらなかったらしい。

「やっぱり、ねえ」

「そう言うと思ったのよねえ」

どこかのんびりした口調で、ふたりはわざとらしいため息をついた。

「いい花を作るひとはみんなそう言うのよねえ」

「困ったわ。あなたほど腕のいい花師は滅多《めった》にいないから、なるべく殺したくはなかったんだけど……これを見られてしまってはねえ」

自分たちが勝手に見せたんだろう！

叫びたいところだったが、どうにも舌《した》が思うように動かない。

ふたりの魔性の放つ気の変化が、エンランドの全身を凍りつかせたのだ。

それは紛《まぎ》れもない殺気だった。ふたりは本気で自分を殺す気なのだとイヤでも悟らされる。彼女たちにとって、人間は餌に過ぎない——殺《あや》めることに禁忌《きんき》はないのだ。

ひくり、と喉《のど》が震えた。

しかし、それでも命惜しさに彼女たちに協力などできはしない。人間として、花を愛する者として、それだけは断じてできない。

ううぅ、さようなら、運命のひと！　あなたと出会ったばかりなのに、あなたを遺《のこ》していく僕をどうか許してください——。

脳裏《のうり》に愛しいラエスリールの顔を思い浮かべながら、覚悟を決めたエンランドは、しかし次の瞬間信じがたい枝羅の言葉を耳にし、ぎょっとした。

「本当に残念……じゃあ、その花があなたの形見になるのね。なんて綺麗な牡丹《ぼたん》でしょう……どんな素敵な香気が宿っているのか、味わうのが楽しみだわ」

「冗談じゃない！」

牡丹の鉢をしっかりと抱きしめ、気づけばエンランドは叫んでいた。

「これはあのひとの……ラエスリールさんのものだ！　お前たちの勝手にさせてたまるか！僕の、僕の最高傑作《けっさく》なんだぞ！」

そこに、飛び込んできた第四の声。

「いいや、それはおれのものだよ」

え、と顔を上げる間もなく、エンランドの体は宙に浮いていた——ただし、牡丹の鉢だけが腕の中から消えている。

「え、な、なにが、ええっっ!?」

続けざまに起こる非現実的な出来事に、最早彼の頭は破裂寸前だった。

そうして、気の毒なエンランドは視界を過ぎった艶《つや》やかな漆黒《しっこく》に——その正体を目にした瞬間意識を失いそうになった。

血と腐肉のこびりついた腐臭の充満した部屋の床に、彼の運命のひとが佇《たたず》んでいたのである——驚きもここに極まれりというものだ。

「ラ、ラエスリールさん……?」

呆然と呟くエンランドを見上げてきた彼女の右の瞳は、眩《まばゆ》い黄金に輝いていた——。

3

なぜ、どうして——。

今日だけで何度繰り返したか知れないが、極めつけは強烈すぎた。

運命のひとである彼女がなぜここに!? 自分が宙に浮いてるのはなぜなのか。それともうひとり現れたこの男はなんなのだ。

最後の疑問に関してだけは薄々感じるものがあったが、エンランドは無理矢理わからないふりをした。

「ラエスリールさん……どうして……」

再度呟《つぶや》いた彼は、そこでようやく我に返った。

なんということだ、あの美しいひとの前にいるのは人食いの魔性《ましょう》だというのに、僕はなにを呆《ほう》けてるんだ!

「ラエスリールさん! 逃げてください! そいつらは人食いの魔性なんです! 早く、早く逃げて……でないと！」

あなたが危ない——と続けようとしたエンランドの言葉は、どん、と乱暴に壁にこぶしを叩《たた》きつける音によって遮《さえぎ》られた。

…………………音源はラエスリールだった。

「……つべこべうるさい」

迫力に満ちたその台詞《せりふ》に、彼の目は点になった。

いま、彼女はなんと言った……？

我が耳ながら拾った言葉が信じられない。

そんなエンランドのすぐそばで、くつりと喉《のど》を鳴らす音が聞こえた。

「あんたに言ったわけじゃないから安心していい」

悔《くや》しいが、耳に心地よい低い声には彼女に対する気安さが滲《にじ》んでおり、これが彼女の『黒赤色の薔薇《ばら》』なのだといやでも悟《さと》れてしまう。

のろのろと顔を上げてみれば、憎らしいほどに整った顔立ちの長身の青年が、手品のように宙に浮かんで立っていた。その腕の中には、エンランドが丹精《たんせい》込めて育てた最高の牡丹《ぼたん》の鉢《はち》が抱えこまれている。

咲き初めの大輪の牡丹が似合う男なんて大嫌いだ！

そんなことを思っていると、眼下で再びラエスリールが声を上げた。

「不味《まず》いからイヤ、じゃない！　いいから出てこい、次に当たるのが大物なら、思う存分《ぞんぶん》喰わせてやるから！　紅蓮姫《ぐれんき》！」

その叫びが終えるや否《いな》や、彼女の周囲は眩《まばゆ》い朱金《しゅきん》の光に包まれ――そうして、光が消えたとき、全《すべ》ては終わっていた。

ふたりの魔性の姿はどこにもなく、ただラエスリールひとりが佇《たたず》んでいた。

その手に握られる不可思議《ふかしぎ》な装飾を帯びた剣がただの剣ではなく、もちろん隣で宙に浮いている厭味《いやみ》なまでの美青年が普通であるはずもなく――その二つを考え合わせた時、自《おの》ずと答えは出た。

ああ。

ため息をつきながら、エンランドは自《みずか》らの初恋が敗れたことを悟った。

彼女は――ラエスリールは世界唯一《ゆいいつ》の対魔組織である浮城《ふじよう》の破妖剣士《はようけんし》……生きる世界が違うひとだったのだ。

※

さすがに腐臭芬々《ふしゅうふんぷん》たる場所に長居するほど酔狂《すいきょう》ではない彼ら三人は、早々に――護《まも》り手と思《おぼ》しき男の力で――場所を移した。

落ち着いた先はラエスリールが宿泊する宿の一室で、部屋に入るなり彼女はエンランドに頭を下げた。

「すまなかった。あなたから妖気《ようき》が微《かす》かに漂っていることに気づいていながら、危険な目に遭《あ》わせてしまった」

その言葉で、エンランドは得心がいった。

初めて会った時の彼女の驚いた顔――あれは運命を感じたのではなく、魔性の気配《けはい》に気づいたがゆえのものだったのだと。

わかってはいても、まだ胸の傷は閉じていない。

エンランドは力なく笑うことしかできなかった。

そんな彼の心中を知ってか知らずか、そこまで黙っていた牡丹の男――名前など知りたくもないというのが彼の本音だ――が、つかつかとラエスリールに近づいた。

なにをするのかと思いきや、彼女が壁に打ちつけたほうの手を取るなり、小指がわの手の甲に唇《くちびる》を這《は》わせるではないか！

しかもラエスリールはされるがままだ――呆《あき》れたような顔こそしているが、止めようとも手を取り返そうともしない。

「かすり傷だ」

「駄目。あんな不潔な場所で傷なんか作って……万が一にも悪い疫神《えきしん》が入り込んだらどうするんだ。消毒だよ、消毒」

…………何の拷問《ごうもん》だ、とエンランドは泣きたくなった。

しかも、その消毒とやらが終わるなり、今度は男はどこから取り出したものやら、両手で抱えるほどの大きな花束をラエスリールに差し出したのだ！

「……牡丹？　にしては花が小さいな」

なるほど花に詳しくないという彼女が間違うのも無理はない。

そこで芍薬《しゃくやく》を贈るか、この男！

わざとだ……絶対わざとだと確信する。自分が彼女に恋していたのを見抜いた上で、こういうことをやるとは、なんと性格の悪い男だ。

芍薬――牡丹と同属の多年草だ。牡丹が『花王《かおう》』と呼ばれるのに対し、この花は『花の宰《さい》相《しょう》』と呼ばれている。

花言葉は内気、恥じらい、慎《つつ》ましやか……等々。

しかし、ここで重要なのは花言葉などではないのだ、きっと。

花王がこよなく似合う男が、『花の宰相』を女性に贈る――その真意は…………考えたくもない。

こんな男、大嫌いだ。

ラエスリールに気づかれないようにぎろりと睨《にら》みつけると、気づいた男はにやりと人の悪い笑みを浮かべた。

やはりわざとだ、間違いない。

しかも男は傷心のエンランドをさらに踏みにじるような行為に出てくれた。

どこで聞いていたのか、ラエスリールが自分を蒲公英《たんぽぽ》に喩《たと》えたことを持ち出したのだ。

「駄目じゃないか、ラス。ひとを蒲公英に喩えるなんて、これからは慎《つつし》むように」

男の真意などわかっていないに決まっているラエスリールはきょとんと首を傾《かし》げた。

…………犯罪だ。エンランドはますます泣きたくなった。

「大地に咲くお日様のような花だと思ったんだが、なにかあるのか？」

そんな彼女に悪い男は深く頷《うなず》いてこう告げた。

「蒲公英の花言葉には軽率、軽薄ってのがあるんだよ」

愛の神託《しんたく》と真心の愛を省《はぶ》いたのは絶対に故意だ。

そして素直な彼女はあっさりと男の言葉に騙《だま》された。

「そうだったのか……重ね重ね、すまなかった。わたしはずいぶん失礼なことを言ってしまったようだ」

いいえ、全然失礼なんかじゃありませんでしたとも――悪いのは全部その男です。

胸中でそっとつぶやいて、エンランドは必死に涙を堪《こら》えた。

だから、これだけは教えてやるものかと心に誓った。ラエスリールがこの男を黒赤色の薔薇《ばら》に喩えたことだけは。

この花には二つのまるで違う花言葉が存在する。

ひとつは彼女に教えた「死ぬまで貴方《あなた》を憎みます」――そしてもうひとつは。

永遠の愛。

これぐらいの意趣返しは許されるはずだと、エンランドは思ったのだ。

エピローグ

　エンランドの花屋は相変わらず客でごった返していた――ただし、そのほとんどはひやかしのおばちゃん連で占められていたのだが。

　彼の失恋は翌日には客に知れてしまい――自分の落胆した様子から、それはばればれだったのだという自覚は彼にはない――ひっきりなしにおばちゃんたちが押し寄せるようになったのだ。

　慰《なぐさ》めてくれるのは嬉《うれ》しいが、どうかそっとしておいてほしいというのがエンランドの正直なところだった。

　何しろおばちゃん連の面々と来たら「最初からわかりきってたんだから、あんまり気を落とすんじゃないよ」だの、「次は少しは自分の分《ぶ》というものを弁《わきま》えたほうが良い」だの、「割れ鍋に綴《と》じ蓋《ぶた》って言葉もあるんだ、きっとあんたに似合いの娘が見つかるさ」だの……はっきり言って慰めているのか貶《けな》しているのかわからないことばかり言ってくれるのだから。

はあ、とため息をついてエンランドは肩を落とした。

ちりん、と店の扉につけた鈴が鳴る。

またおばちゃん連か……ちら、と入り口に目をやったエンランドは、入って来るひとの姿を目にした瞬間、雷《かみなり》に打たれたような衝撃を受けた。

そのひとは、喩《たと》えるなら高雅な百合《ゆり》――虹色に輝く髪と神秘的な漆黒《しっこく》の双眸《そうぼう》がそれはそれは美しい。

そうだったのか！

エンランドは不意に真実を悟った。

初恋は破れるものと聞いたことがある。自分はこの女性との運命を繋ぐために、急いで初恋に破れなければならなかったのだ！

そう、彼女こそが僕の運命の人に違いない！

そのひとは、実に優雅な足取りでエンランドのほうに近づいてくる。

ああ、やはり運命だ！

エンランドは瞳《ひとみ》をきらきらと輝かせながら、じっとそのひとを見つめていた。

そのひとが、微笑《ほほえ》みながら彼に声をかけてくる――耳に優しいまろやかな声に、うっとりする彼は、おばちゃん連のため息には気づかない。

「実はこの店のお花が素晴らしいと知り合いから教えてもらいまして……妹から頼まれた花なのですが、取り扱ってらっしゃるかどうか、教えていただけないかと……」

なんだか似たような会話で始まった出会いが最近あったような気がするのは……いいや、ただの錯覚《さっかく》に違いない。

「はい、何の花をお探しでしょう？」

声を弾《はず》ませて女性に向き合うエンランドを、おばちゃん連は生温《なまあたた》かい笑顔で見守っていた……。

あとがき

この本が発売されるのは春風が気持ちいい頃だと思いますが、皆様如何《いかが》お過ごしでしょうか。

こんにちは、前田《まえだ》珠子《たまこ》です。

実に久しぶりの『破妖《はよう》の剣《つるぎ》外伝　言ノ葉は呪縛する』をお届けいたします。本編のほうはどうしたと思われる方も多いでしょうが……すみません。次刊再開の予定を組んでおりますので、どうかもう少しだけお待ちください。

さて、しばらく「うきゃー！」とか「ぎゃあぁっ！」とか叫ぶヒロインを書き続けていたもので、想像以上に時間を取られてしまいました。

いえ、ヒロインが天然なのは一緒なのですが、相手となる男性陣の性格が違いすぎまして……顔見せ程度にしか出てないにも拘《かか》わらず、赤い人が独占欲の塊《かたまり》ぶりを発揮《はっき》してくれるのが懐《なつ》かしいやら呆《あき》れるやら（笑）。

そうだった、この人はこういう性格だった——としみじみしながら書かせていただきました。少しでも楽しんでいただけたら幸いです。

言ノ葉ノ呪縛　夢ノ扉――恋する乙女《おとめ》のヒロインが健気《けなげ》に頑張《がんば》る話をと思って書き始めたはずなのですが、なぜか火事場の馬鹿力で無理矢理想《おも》い人を口説《くど》き落とす話になったような気が……気のせいだといいのですが。

アイの言の葉――以前から花言葉って多すぎて困ると感じていたので、じゃあ逆手にとってネタにしようと思って生まれた話です。『アイ』にはお好きな漢字を当てはめて見てください……哀《あい》とか哀とか哀とか（笑）。愉快に哀《あわ》れなエンランド君は書いてて実に楽しかったです。

縁あってイラストを担当していただくことになった小島榊《こじまさかき》さんを始め、関係各所の方々には大変お世話になりました。この場をお借りしてお礼申し上げます。

次回は本編再開の予定です。あまり長くお待たせせずにお届けしたいと思っております。どうかもう少しだけお待ちください。

それでは。

平成二十一年　春　　前田珠子

※この作品はフィクションです。実在の人物・団体・事件などにはいっさい関係ありません。

この作品のご感想をお寄せ下さい。

前田珠子先生へのお手紙のあて先

〒101－8050　東京都千代田区一ツ橋2－5－10
集英社コバルト編集部　気付
前田珠子先生

まえだ・たまこ

1965年10月15日、佐賀県生まれ。天秤座のB型。『眠り姫の目覚める朝』で1987年第9回コバルト・ノベル大賞佳作入選。コバルト文庫に『破妖の剣』シリーズ、『カル・ランシィの女王』シリーズ、『聖獣』シリーズ、『聖石の使徒』シリーズ、『天を支える者』シリーズ、『空の呪縛』シリーズ、『ジェスの契約』『トラブル・コンビネーション』『陽影の舞姫』『女神さまのお気の向くまま』『万象の杖』『月下廃園』など多数の作品がある。興味を覚えたことには積極的だが、そうでない場合、横のものを縦にするのも面倒くさがる両極端な性格の持ち主。趣味と実益を兼ねてアロマテラピーに手を出したものの、今ではすっかり実益のほうが大きくなり、趣味とは言いがたくなりつつある。次こそは優雅な趣味を持ちたいと身の程知らずにも思っている。

——破妖の剣外伝——

言ノ葉は呪縛する

COBALT-SERIES

2009年5月10日　第1刷発行
2009年7月7日　第4刷発行

★定価はカバーに表示してあります

著　者　前田珠子
発行者　太田富雄
発行所　株式会社　集英社
〒101—8050
東京都千代田区一ツ橋2—5—10
電話　東京　(3230) 6268 (編集部)
(3230) 6393 (販売部)
(3230) 6080 (読者係)

印刷所　大日本印刷株式会社

© TAMAKO MAEDA 2009　Printed in Japan

本書の一部あるいは全部を無断で複写複製することは、法律で認められた場合を除き、著作権の侵害となります。
造本には十分注意しておりますが、乱丁・落丁（本のページ順序の間違いや抜け落ち）の場合はお取り替え致します。購入された書店名を明記して小社読者係宛にお送り下さい。
送料は小社負担でお取り替え致します。但し、古書店で購入したものについてはお取り替え出来ません。

ISBN978-4-08-601285-0 C0193

めくるめく超《スーパー》ファンタジーの伝説が今、再び…！

コバルト文庫 好評発売中

破妖の剣

前田珠子
イラスト／厦門　潤

漆黒の魔性
白《はく》焔《えん》の罠
柘《ざく》榴《ろ》の影
紫紺の糸（前編）（後編）
翡《ひ》翠《すい》の夢1～5
鬱《う》金《こん》の暁《ぎょう》闇《あん》1～3
女《じょ》妖《よう》の街 破妖の剣 外伝①
ささやきの行方 破妖の剣 外伝②
忘れえぬ夏 破妖の剣 外伝③
時の螺《ら》旋《せん》 破妖の剣 外伝④
魂が、引きよせる 破妖の剣 外伝⑤
呼ぶ声が聞こえる 破妖の剣 外伝⑥

破妖刀に選ばれし少女よ……
愛と正義のために闘え！

コバルト文庫
好評発売中
本好き少女の
波瀾万丈ファンタジー!
前田珠子
イラスト/明咲トウル
天を支える者
天を支える者1〜4
天を支える者 古戀唄1〜5
天を支える者 罠は、蜜の味
天を支える者 緑風に誘われ
天を支える者 緑の糸をたどって
天を支える者 緑蘿《りょくら》の檻《おり》に囚《とら》われ
天を支える者 緑玉《りょくぎょく》の枷《かせ》に繋《つな》がれ
天を支える者 緑の鈴を、振る
天を支える者 空に響く緑の鈴音

〈好評発売中〉 コバルト文庫

二度はないと誓った、この愛が痛い。

前田珠子 〈空の呪縛〉シリーズ

イラスト／明咲トウル

空《くう》の呪縛

『針の森』に住む美しい女柱神
フィオルシェーナは、恋の誘い
を頑なに断り続けていた。
それは、過去の過ちを繰り
返さないため…。恋獄の楔《くさび》に絡《から》め
とられた女神の愛の物語！

●●●●●●●●●●●●●●●●●

柱神フィオルシェーナの
前に、かつての恋人の
生まれ変わり、ファナル
シーズが現れた。運命が、
二人をあざ笑う。

空《くう》の呪縛

月の堕ちるとき

〈好評発売中〉 コバルト文庫

選ばれし子供たちが、世界を守る。

前田珠子 〈聖石の使徒〉シリーズ

イラスト／山本鳥尾

聖石の使徒
其《そ》は焔《ほむら》をまとう者

聖石の使徒
其《そ》は力を放つ者

聖石の使徒
其《そ》は天秤《てんびん》をかざす者Ⅰ・Ⅱ

聖石の使徒
其《そ》は水に遊ぶ者Ⅰ・Ⅱ

聖石の使徒
揺籃《ようらん》の瞳

聖石の使徒
蒼の組木箱

聖石の使徒
狩人の爪

〈好評発売中〉 コバルト文庫

美少年コンビが暗躍する魔性を斬る!

前田珠子 〈魅魎暗躍譚〉シリーズ

イラスト／田村由美

魅魎暗躍譚

碧眼の少年（前編）（後編）

髪と瞳の色を奪った魔性を探す甲斐。途中、行き倒れの志摩を助けたことから、没落した名家の当主・隠岐と知り合って!?

●●●●●●●●●●●●●●●

月乃守家の姫君・遠江《とおとうみ》は美少女だが相当の猫かぶり。偶然異母兄の甲斐と再会を果たすが、魔性の陰謀が彼女に迫り…!?

魅魎暗躍譚

月読見の乙女（前編）（後編）

〈好評発売中〉コバルト文庫

甘くてドキドキ…！　薔薇色のハネムーンへ!!

伯爵と妖精
魔都に誘われた新婚旅行《ハネムーン》

谷　瑞恵
イラスト／高星麻子

新婚旅行でフランスを訪れた2人。貴族が集まるこの地では、女性が相次いで失踪する事件が起きていた。新婚2人に愛の試練が…!?

伯爵と妖精シリーズ・好評既刊

あいつは優雅な大悪党
あまい罠には気をつけて
プロポーズはお手やわらかに
恋人は幽霊《ゴースト》
呪いのダイヤに愛をこめて
取り換えられたプリンセス
涙の秘密をおしえて
駆け落ちは月夜を待って
女神に捧ぐ鎮魂歌《レクイエム》
ロンドン橋に星は灯る
花嫁修業は薔薇迷宮で
紳士の射止めかた教えます
紅《くれない》の騎士に願うならば
誰《た》がために聖地は夢みる
運命の赤い糸を信じますか？
誓いのキスを夜明けまでに
紳士淑女のための愛好者読本
すてきな結婚式のための魔法

〈好評発売中〉 コバルト文庫

初体験♡舞妓さんの海外出張！

少年舞妓・千代菊がゆく！

プリンセスの招待状

奈波はるか

イラスト／ほり恵利織

上客・楡崎《にれざき》から誕生日プレゼントとして海外旅行に誘われた千代菊。しかし、本当は男なのでパスポートを作ることができなくて…？

──〈少年舞妓・千代菊がゆく！〉シリーズ・好評既刊──

花見小路におこしやす♥

世界一の贈り物

宿命のライバル

他28冊好評発売中

〈好評発売中〉 コバルト文庫

心を乱すのは、苦しくて切ない恋。

ヴィクトリアン・ローズ・テーラー

恋のドレスと宵の明け星

青木祐子

イラスト／あき

恋で心を乱し、ドレスが作れないクリス。偶然再会した以前の顧《こ》客《きゃく》パトリシアの明るさに救われ、ドレスの依頼を引き受けるのだが…？

―〈ヴィクトリアン・ローズ・テーラー〉シリーズ・好評既刊―

恋のドレスとつぼみの淑女
恋のドレスは開幕のベルを鳴らして
恋のドレスと薔薇のデビュタント
カントリー・ハウスは恋のドレスで
恋のドレスは明日への切符
恋のドレスと硝子のドールハウス
恋のドレスと運命の輪
あなたに眠る花の香
恋のドレスと大いなる賭け
恋のドレスと秘密の鏡
恋のドレスと黄昏に見る夢
窓の向こうは夏の色
恋のドレスと約束の手紙
恋のドレスと舞踏会の青

〈好評発売中〉 コバルト文庫

神様のリンゴで大騒動!?

神巫《かんなぎ》うさぎと眠れる果実の王子様

藤原眞莉

イラスト／鳴海ゆき

央都《おうと》からの交換留学生が、美和《みわ》を見初める。それに嫉妬した友人の明子は美和にあやしいリンゴを渡したが、それをエルドが食べ…!?

――――〈神巫うさぎ〉シリーズ・好評既刊――――

神巫《かんなぎ》うさぎと俺様王子の悩ましき学園生活

神巫《かんなぎ》うさぎと嵐を招く王子様

〈好評発売中〉 コバルト文庫

時空を渡る「フユウ」の力を持つ少女。
「失せ物」を求め行き着く先は…？

月花《げっか》の守人《もりびと》
忘却のルカと月神の花嫁

山本　瑤
イラスト／もぎたて林檎

異世界を渡る力を使い失せ物探しを生業《なりわい》にする「フユウ」のルカ。大富豪の依頼で、砂漠の国へ消えた一人娘を捜していたが、彼女は月の神の生贄《いけにえ》として捧げられようとしていて!?

〈好評発売中〉 コバルト文庫

政略結婚の相手が急死!?

そして花嫁は恋を知る

緑の森を拓く姫

小田菜摘

イラスト／椎名咲月

なぜか姉をさしおいて政略結婚が決まった、ブラーナ帝国の第七皇女エリスセレナ。だが、輿入れの道中で衝撃の事実を知ることに…!?

――〈そして花嫁は恋を知る〉シリーズ・好評既刊――

そして花嫁は恋を知る 黄金の都の癒し姫

そして花嫁は恋を知る 白銀の都へ旅立つ姫

そして花嫁は恋を知る 紅の沙漠をわたる姫

〈好評発売中〉 コバルト文庫

中華アクションロマン、感動の完結編《フィナーレ》！

月《つき》色《いろ》光《こう》珠《じゅ》

陽光に翼は飛翔《はばた》く

岡篠名桜

イラスト／風都《かざと》ノリ

有《ゆう》と琳琅《りんろう》が結ばれた矢先、皇帝が何者かに襲われた。緑陽《りょくよう》たちの心情を案じた琳琅は、暗殺者を捕らえるまで後宮に残る事を決意し…！

――〈月色光珠〉シリーズ・好評既刊――

黒士《こくし》は白花《びゃっか》を捧ぐ
冬苑《とうえん》に徒花《あだばな》は散る
蘭花《らんか》は大河に舞う
暁《あかつき》の野に君を想《おも》う
春宵《しゅんしょう》に灯《とも》る紫の光
夏風に願いは惑う
天馬は暗夜《やみよ》を翔《かけ》る
月珠《げつしゅ》は黒翼《こくよく》を抱《いだ》き
想いは夢路に咲く
空恋う銀糸の果て
秘密の名前
月影に珠《たま》は結ばれ

メイちゃんの執事
薔薇の刻印

ココロ直
原作 宮城理子

理人《りひと》がルチア様の執事だったことを知り、ショックを受けるメイ。理人に想いをよせるルチア様は、メイに理人を賭けた決闘《デュエロ》を申し込んできて…？

お嬢様、
またお逢いしましたね。
ノベライズ第２弾が登場！

シリーズ既刊・好評発売中！
メイちゃんの執事
平凡な中学生がお嬢様に変身!? 専属執事との学園生活の行方は…？

コバルト文庫

コバルト文庫　雑誌Cobalt

「ノベル大賞」「ロマン大賞」募集中！

集英社コバルト文庫、雑誌Cobalt編集部では、エンターテインメント小説の書き手を目指す方々のために、広く門を開いています。中編部門で新人発掘の性格もある「ノベル大賞」、長編部門ですぐ出版にもむすびつく「ロマン大賞」。ともに、コバルトの読者を対象とする小説作品であれば、特にジャンルは問いません。あなたも、才能をこの賞で開花させ、ベストセラー作家の仲間入りを目指してみませんか!?

大賞入選作　正賞の楯と副賞100万円（税込）

佳作入選作　正賞の楯と副賞50万円（税込）

ノベル大賞

【応募原稿枚数】４００字詰め縦書き原稿９５枚〜１０５枚。
【しめきり】毎年7月10日（当日消印有効）
【応募資格】男女・年齢は問いませんが、新人に限ります。
【入選発表】締切後の隔月刊誌『Ｃｏｂａｌｔ』1月号誌上（および12月刊の文庫のチラシ紙上）。大賞入選作も同誌上に掲載。
【原稿宛先】〒１０１−８０５０　東京都千代田区一ツ橋２−５−10
（株）集英社　コバルト編集部「ノベル大賞」係

※なお、ノベル大賞の最終候補作は、読者審査員の審査によって選ばれる**「ノベル大賞・読者大賞」**（読者大賞入選作は正賞の楯と副賞50万円）の対象になります。

ロマン大賞

【応募原稿枚数】４００字詰め縦書き原稿２５０枚〜３５０枚。
【しめきり】毎年1月10日（当日消印有効）
【応募資格】男女・年齢・プロアマを問いません。
【入選発表】締切後の隔月刊誌『Ｃｏｂａｌｔ』9月号誌上（および8月刊の文庫のチラシ紙上）。大賞入選作はコバルト文庫で出版（その際には、集英社の規定に基づき、印税をお支払いいたします）。
【原稿宛先】〒１０１−８０５０　東京都千代田区一ツ橋２−５−10
（株）集英社　コバルト編集部「ロマン大賞」係

応募に関する詳しい要項は隔月刊誌Ｃｏｂａｌｔ（2月、4月、6月、8月、10月、12月の1日発売）をごらんください。